Mein Leben auf dem falschen Planeten

Der Autismus an sich ist keine Hölle.
Die Hölle entsteht erst durch eine Gesellschaft,
die sich weigert, Menschen zu akzeptieren,
die anders sind als die Norm,
oder diese Menschen zur Anpassung zwingen will.

Jasmine Lee O'Neill, Autorin

Jessica Preiß

Mein Leben auf dem falschen Planeten

Dasein und Wahrnehmung einer Autistin

Bibliografische Information der Deutschen Nationalbibliothek:
Die Deutsche Nationalbibliothek verzeichnet diese
Publikation in der Deutschen Nationalbibliografie;
detaillierte bibliografische Daten sind im Internet über
http://dnb.dnb.de abrufbar.

© 2014 Jessica Preiß – Alle Rechte vorbehalten.

Illustration: **Jessica Preiß**

Herstellung und Verlag: BoD – Books on Demand,
Norderstedt

ISBN: 978-3-7357-4054-0

Vorwort

Am 13. Juni 1985 erblickte ich als Erstes von fünf weiteren Geschwistern das Licht der Welt und erhielt im Alter von 28 Jahren meine Diagnose Asperger-Syndrom.

Ich war ein sehr zurückgezogenes, schüchternes und ängstliches Kind und immer wieder fiel es mir schwer, mich in einer Welt zurechtzufinden, die ich nie wirklich verstand. Ich lebte in meiner eigenen kleinen Welt, meiner *Seifenblasen-Welt*, die jedesmal dann zu zerplatzen drohte, wenn von mir gefordert wurde, an einem Leben auf dem *falschen Planeten* teilzunehmen. Ständig war ich der Meinung, ich müsse so sein wie all die anderen Menschen um mich herum, um endlich akzeptiert zu werden und mein *Einzelgänger-Dasein* beenden zu können. Ich versuchte die Menschen zu studieren und zu kopieren, um Mensch zu sein, wie man es von mir erwartete, aber es machte mich unglücklich, so unglücklich, dass sich ein unheimlicher Hass gegen mich selbst und alles andere um mich herum aufbaute und in eine Art Selbstzerstörungswahn anwuchs. Verzweifelnd war vor allem das Gefühl, nicht verstanden und nicht für ernst genommen zu werden, eine andere Sprache zu sprechen, andere Gedanken und Gefühle zu haben, einfach falsch hier zu sein.

Ich habe keinen Namen.
Keine Form.
Besitze weder Dinge, noch habe ich etwas zu verlieren.
Kenne kein Leid und auch kein Glück.
Bin weder groß noch klein, weder dick noch dünn.
Existiere jenseits von Gut und Böse, jenseits von Licht und Dunkelheit.
Ich wurde weder geboren, noch werde ich sterben.
An mich denken ist unmöglich.
Mich zu suchen, eine Qual.

Und doch bin ich:

Alles, was einen Namen trägt.
Jede Form.
Jedes Leid.
Jedes Glück.
Licht und Dunkelheit.
Ich bin Zeuge jeder Geburt und jeden Todes.
Nicht zu sehen, nicht zu begreifen, aber erkennbar.
Allwissend und unwissend, die Wahrheit und die Täuschung.
Frühling, Sommer, Herbst und Winter.
Hier. Jetzt. Zeuge dieser Zeilen.
Alles und Nichts.

Was ist das Asperger-Syndrom?

Das Asperger-Syndrom, auch *Wrong-Planet-Syndrom* (zu deutsch: *Falscher-Planet-Syndrom*) genannt, gilt als eine tiefgreifende Entwicklungsstörung innerhalb des Autismus-Spektrums und wurde nach dem österreichischen Kinderarzt Hans Asperger benannt, der diese Form von Autismus als autistische Psychopathie bezeichnete. Da die Symptome des Asperger-Syndroms schwächer ausgeprägt sind als beim *frühkindlichem Autismus* (auch *Kanner-Syndrom* genannt), macht es sich meist erst ab dem ca. vierten Lebensjahr bemerkbar. Autismus beginnt bereits im Mutterleib, gilt daher als angeboren und im Allgemeinen als unheilbar.

Menschen mit dem Asperger-Syndrom fällt es sehr schwer, die Gestik und Mimik ihres Gegenübers zu verstehen und dessen Gefühle richtig zu interpretieren oder nachzuempfinden, nehmen den Kontakt zu anderen Menschen oftmals als sehr anstrengend wahr und sind kaum in der Lage Beziehungen zu knüpfen, oder Freundschaften zu schließen (*Kommunikations- und Kontaktstörung, Beeinträchtigung der sozialen Interaktion*). Diese kurze Beschreibung stellt nur sehr oberflächlich dar, was es mit dem Asperger-Syndrom auf sich hat. Die Durchführung einer Diagnose ist sehr langwierig und beinhaltet sehr viele Aufgaben, Tests, Fragebögen, wie auch Interviews. Hier möchte ich nun einige weitere Merkmale aufführen, die das Asperger-Syndrom stark prägen:

- Durchschnittlich bis hohe Intelligenz.

- Ironie, Sarkasmus, Redewendungen oder auch Sprichwörter können oftmals für Verwirrung stiften, da ein Autist in der Regel alles sehr wörtlich nimmt und nur schwer Zusammenhänge herstellen kann.

- Menschen mit dem Asperger-Syndrom werden nicht selten als unhöflich beschrieben, da sie meist ohne Rückhalt sagen, was sie denken und nicht immer einschätzen können, ob es angebracht oder unangebracht war, bzw. ist *(Beeinträchtigung der exekutiven Funktionen)*.

- Zu den stärksten Merkmalen gehören vor allem die speziellen, oftmals auch skurrilen Interessen, die ein Asperger-Autist sehr intensiv auslebt.

- Dinge als Ganzes zu erkennen, fällt ihnen ebenfalls schwer. Asperger-Autisten nehmen hauptsächlich Einzelheiten wahr, sehen, wie immer so schön gesagt wird, die vielen einzelnen Bäume, können jedoch keinen Wald darin erkennen.

- Geregelte Strukturen, Tagesabläufe und immer wiederkehrende Rituale stellen auch einer der erwähnenswertesten Merkmale eines Autisten dar.

- Verzögerung der motorischen Entwicklung (kann vorkommen, muss aber nicht), die Sprachentwicklung hingegen verläuft meist normal.

- Auch eine Aufmerksamkeitsstörung wäre hier vielleicht nennenswert. Asperger-Autisten sind sehr mit sich selbst beschäftigt und werden somit häufig durch sich selbst und ihre Interessen stark abgelenkt.

- Integrationsprobleme stellen durch die vielen Einschränkungen ebenfalls ein wichtiges Merkmal dar und enden nicht selten damit, dass Betroffene ausgegrenzt werden.

- Menschen mit dem Asperger-Syndrom sprechen meist monoton, zeigen kaum Mimik, sind aber oftmals sehr wortgewandt.

- Zwänge, ADHS oder Tics zählen häufig als Nebenerscheinungen, müssen aber nicht immer auftreten.

- Die Fähigkeit, Blickkontakt aufzunehmen gehört ebenfalls zu den häufig auftretenden Symptomen eines Autisten.

- Da Betroffene Reize aus ihrer Umgebung weniger stark filtern als Nicht-Betroffene, kommt es nicht selten zur sogenannten Reizüberflutung, die oftmals durch stereotype Verhaltensweisen abgebaut wird und eine sehr beruhigende Wirkung auslösen.

- Hyper- und Hyposensibilität sind ebenfalls erwähnenswert. So können Betroffene z.B. Kälte als sehr schmerzhaft empfinden, wobei Hitze wiederum kaum wahrgenommen wird.

Diese Liste stellt nun so ziemlich die wichtigsten Merkmale eines Menschen mit dem Asperger-Syndrom dar, lässt sich beliebig erweitern oder verkürzen, trotzdem gibt sie aber nicht wirklich wieder, wie sich Betroffene fühlen, was sie mitmachen in einer Welt, die sie nicht verstehen und was sie alleine schon im Alltag zu bewältigen haben, was für Nicht-Autisten kaum nachvollziehbar ist. Ich denke, dies würde auch eine doppelte oder dreifache Liste von Merkmalen nicht schaffen, wiederzugeben. Zudem ist es sehr schwierig, Betroffene immer anhand einer Liste zu kategorisieren, da das Asperger-Syndrom sehr unterschiedlich verläuft. So gibt es z.B. Menschen mit dieser Form von Autismus, die nicht das geringste Problem haben, alleine ihren Alltag zu bewältigen oder einer Arbeit nachzugehen, während es aber auch Betroffene gibt, die sehr stark in diesen Dingen beeinträchtigt und kaum dazu fähig sind, ein eigenständiges Leben zu führen.

Ein kleiner Einblick in meine Kindergartenzeit

Ganz alleine sitze ich auf dem Spieleteppich meiner Gruppe im Kindergarten und beschäftige mich mit den vielen bunten Bausteinen. Ich bin so sehr vertieft in dieser Sache, dass ich alles um mich herum abschalte. Kontakt zu anderen habe ich kaum in der Gruppe und es ist mir auch lieber so, trotzdem kommt es aber manchmal vor, dass sich mir andere Kinder nähern, mit mir spielen oder mich ärgern wollen. Ich möchte mit niemandem spielen, möchte aber auch nicht geärgert werden. Sie mögen es nicht, dass ich so stumm bin, wollen, dass ich mit ihnen rede. Ich mag nicht. Ich will mit meinen vielen bunten Bausteinen spielen, nicht gestört und nicht angefasst werden. Plötzlich kommt eine Gruppe von Mädchen auf mich zu und fragt mich, warum ich nie rede. Ich antworte nicht, sehe sie nicht einmal an. Nun erzählen sie mir, dass wenn man immer so stumm ist, irgendwann die Stimme wegbleibt. Ich reagiere immer noch nicht. Lasst mich doch einfach in Ruhe mit meinen vielen bunten Bausteinen spielen, denke ich mir, bis sich mir die Anführerin der Gruppe nähert, nach meiner Ober- und Unterlippe greift, und diese auseinanderreißen möchte, um mich so zum sprechen zu zwingen. Ich schreie laut auf, fange heftig an zu weinen und verkrieche mich, eingerollt wie ein ängstlicher Igel, in die Ecke des Zimmers. Erst jetzt bemerken die beiden erwachsenen Frauen das Geschehen und eilen zu uns, um die angespannte Situation zu entschärfen. Ich möchte nach Hause, weg von diesem Ort, alles so fremd hier. Wann kommt mich meine Mama endlich abholen? Wenn ich mit jemandem spielen möchte, dann sind es die beiden erwachsenen Frauen. Sie sind lieb, ärgern mich nicht, machen das, was ich möchte und beschützen mich vor den anderen Kindern. Die Jungs sind harmlos, sie interessieren sich nicht für die Mädchen. Sie spielen lieber mit Autos oder toben sich in der Turnhalle aus...

Es dauert bestimmt nicht mehr lange, bis meine Mama kommt, denn die ersten Kinder werden bereits schon abgeholt. Welch ein Glück!

In der Gruppe nebenan gibt es einen Jungen, der keine Haare auf dem Kopf hat, das finde ich merkwürdig. Er ist genauso alleine wie ich, hat keine Freunde, mit denen er spielen kann und wird auch ständig von den anderen Kindern geärgert, weil er so anders aussieht. Die Erwachsenen sagen immer, er sei schwer krank, habe Krebs und sieht deshalb so anders aus. Er muss der einzige im Kindergarten sein, der diese schwere Krankheit hat, denn er ist das einzige Kind ohne Haare auf dem Kopf. Ich warte auf meine Mama, setze mich an die Garderobe vor unserer Gruppe und beobachte währenddessen den einsamen schwerkranken Jungen. Seine Mutter zieht ihm gerade die Schuhe an und versucht gleichzeitig mit den anderen Kindern fertig zu werden, die ihn hänseln wollen. Er blickt immerzu regungslos auf den Boden und ist froh, wie ich glaube, dass er endlich nach Hause darf. Ich will auch nach Hause, meine Mama müsste jeden Augenblick kommen. Eigentlich darf ich nicht an der Garderobe sitzen und auf sie warten, aber im Moment bemerkt das niemand. Ich schleiche mich zum Ausgang des Gebäudes, der nicht weit entfernt ist und da erblicke ich schon meine geliebte Mama durch die Glastüre! Sie strahlt mich an, wie sie es immer tut. Nach einem kurzen Gespräch mit den beiden erwachsenen Frauen aus meiner Gruppe darf ich endlich mit ihr nach Hause gehen.

Sehr viele Erinnerungen an meine Kindergartenzeit besitze ich leider nicht mehr. Hängen geblieben sind vor allem die eindrucksvollsten Erlebnisse, wie ich hier nun eines davon wiedergegeben habe.

Ein autistisches Kind stellt für Eltern und Angehörige oft eine große Herausforderung dar. In meinem Fall war es so, dass mich meine Familie zwar als ein sehr sonderbares Kind wahrnahm, jedoch nicht wusste, dass Autismus die Ursache dafür war und ist.

Auffällig wurde ich vor allem im Alter von etwa fünf bis sechs Monaten, der Krabbelzeit, denn diese blieb bei mir völlig aus. Anstatt zu krabbeln, rutschte ich ausschließlich auf meinem Po herum, bis ich dann später das Laufen lernte. Ergotherapie, Logopädie, Physiotherapie, wie auch das Alf Institut für Kinder mit der Teilleistungsstörung *Dyskalkulie* und die Kinder- und Jugendpsychiatrie gehörten schon fast zu meinem Alltag.

Meiner Mutter hing ich, im Gegensatz zu meinen Geschwistern, regelrecht am *Rockzipfelchen*, wie man so schön sagt. Aber auch mit meiner Oma verbrachte ich sehr viel Zeit. Ohne diese beiden Personen fühlte ich mich nie wirklich ganz. Sie ergänzten mich und meine *Schutzmauer* vor der Welt da draußen, die mir schon immer so fremd erschien.

In die Schule kam ich erst ein Jahr später als üblich, da ich die Tests und Aufgaben für die Einschulung nicht bestand. So besuchte ich nach dem Kindergarten noch ein Jahr lang die Vorschule, in der ich noch gezielter auf die Schule vorbereitet werden sollte.

Meine Schulzeit

Am Abend vor dem ersten Tag der Einschulung hatte mir meine Mutter Zöpfe geflochten, damit ich am nächsten Tag viele kleine Löckchen hatte. Ich war aufgeregt und voller Vorfreude auf den ersten Schultag. Ich kann mich nicht mehr daran erinnern, dass ich auch Angst davor hatte. Die Zeit im Kindergarten war zwar nicht gerade die Schönste, da ich ja nun auch von vielen Kindern geärgert und gehänselt wurde, aber das alles nagte noch nicht so sehr an mir, wie später dann während meiner Schulzeit. Welches Gefühl mich die letzten Tage eher begleitete, war Hoffnung. Hoffnung darauf, nun von etwas reiferen Kindern umgeben zu sein, mehr respektiert und angenommen zu werden.

1.

Meine Mutter weckte mich an meinem ersten Schultag um sieben Uhr morgens. Nachdem ich meine Augen geöffnet hatte, schoss mir schon gleich der erste Gedanke durch den Kopf: Nun war es endlich so weit! Meine Aufregung stieg, ich bewunderte meine riesige Schultüte, den dicken globigen Schulranzen und konnte noch gar nicht so richtig glauben, dass nun ein neuer Lebensabschnitt für mich beginnen sollte. Auch meine beiden Geschwister fanden das ziemlich bewundernswert. Gleich nachdem auch sie aufgestanden waren, fragten sie mich, ob sie denn später dabei sein dürften, wenn ich meine Schultüte auspacken würde. Ja, auch sie waren sehr aufgeregt und bekamen nun einen Vorgeschmack auf ihren großen Tag.

Als wir nun endlich bereit waren, uns auf dem Weg zur Schule zu machen, die nicht allzu weit von uns entfernt lag, begegneten wir noch viele weitere Schulkinder, die ebenfalls sehr aufgeregt zu sein schienen. Kurz vor dem Schulgelände machten wir Halt, damit meine Mutter ein paar Fotos von mir knipsen konnte. Danach wurden wir Neuankömmlinge und unsere Eltern in unser jeweiliges Klassenzimmer geführt, in dem wir dann alle gemeinsam in einem Kreis saßen. Es war voll und es machte mir ein wenig Angst. Ich dachte kurz darüber nach, wie schwer es wohl für mich werden wird, wenn meine Mutter bald nicht mehr dabei sein dürfe, wollte mich jedoch nicht in diese Gedanken hineinsteigern und versuchte nun einen Eindruck von meiner neuen Lehrerin zu gewinnen. Sie war eine sehr nette, schon etwas ältere Frau, klein, zierlich mit einem Pagenschnitt und einer Brille. Was sie uns zur ersten Stunde genau erzählte, weiß ich nicht mehr genau, doch hielt sie irgendwann plötzlich inne, da sie bemerkte, dass ein Kind fehlte. Sie zeigte mit ihrem Finger auf einen leeren Stuhl und teilte uns mit, dass *Mimi* wahrscheinlich etwas später oder erst die nächsten Tage kommen würde. Anschließend verteilte sie Hefte, in denen sie uns ein Abbild von *Mimi* vorführen wollte. Ich schlug das Heft auf und war zuerst sehr irritiert, denn ich erblickte nur eine Art Strichmännchen mit Sommersprossen und roten Haaren. Kurz darauf klopfte es an der Tür und eine Frau, höchstwahrscheinlich eine weitere

Lehrerin, brachte uns *Mimi* in Form einer Papp-Puppe herein, setzte sie auf den leeren Stuhl und die gesamte Klasse fing an, diese Papp-Puppe zu begrüßen. Nun war ich noch irritierter. Erst einige Tage später verstand ich, dass *Mimi* eine Art Lernhilfe für uns darstellte, um den Unterricht noch etwas spielerischer zu gestalten.

Nun, meine Schulklasse war sehr groß und irgendwie fühlte ich mich ein wenig verloren unter all den vielen anderen Kindern. Die meisten kannte ich noch aus meiner Kindergartenzeit, einige sogar aus derselben Gruppe, die ich dort besuchte, aber auch jetzt hatte ich nicht das geringste Bedürfnis nach näheren Kontakt mit ihnen, was jedoch letztendlich, mehr oder weniger, auf Gegenseitigkeit beruhte.

Die vielen Schulstunden wurden schon schnell zu einer Qual für mich und immer wieder bekam ich so sehr Heimweh, dass ich mich kaum auf den Unterricht konzentrieren konnte. Die meiste Zeit sah ich aus dem Fenster und stellte mir dabei vor, wie schön es doch wäre, diese Zeit gemeinsam mit meiner Mutter oder meiner Oma zu verbringen, anstatt hier herum zu sitzen und nicht das tun zu dürfen, was ich eigentlich wollte. Die Pausen waren alles andere als eine Erholung. Hier war die gesamte Grundschule versammelt und der Lärm war so unerträglich ohrenbetäubend, dass ich mich einfach in irgendeine Ecke verkroch, mein Pausenbrot aß und hoffte, von all den anderen Kindern in Ruhe gelassen zu werden. Einige Male versuchte ich mich innerhalb des Schulgebäudes aufzuhalten, doch wenn mich die Lehrer erblickten, wiesen sie mich schnell daraufhin, das dies verboten sei und ich nun wieder nach draußen, an die frische Luft gehen solle. Sich innerhalb des Schulgebäudes aufzuhalten war ausschließlich nur dann erlaubt, wenn es draußen regnete. Nun hoffte ich also jeden Tag auf Regen, Regen und nochmals Regen! An diesen Tagen war es völlig egal, ob wir uns in der Pausenhalle oder im Klassenzimmer aufhielten und da meine Mitschüler die Halle bevorzugten, blieb ich freudig strahlend allein im Klassenzimmer zurück.

Die erste Zeit holte mich noch meine Mutter von der Schule ab und erkundigte sich anschließend immer sehr verantwortungsbewusst bei meiner Lehrerin, wie es denn mit mir liefe. Immer wieder kam das Thema mit meiner äußerst auffälligen Zurückgezogenheit und Verträumtheit auf, jedoch behielt man vorerst die Hoffnung, dass sich das alles bestimmt noch ändern würde, sobald ich mich besser an die Schule gewöhnt hätte. Zuhause fühlte ich mich frei und uneingeschränkt und doch war aber auch hier immer ein Gefühl vorhanden, das mich nicht so ganz dazugehören ließ. Ich beschäftigte mich am liebsten mit mir selbst, vor allem kreativ. Meine Interessen unterschieden sich grundsätzlich von denen, der vielen anderen Kinder in meinem Alter. Immer wieder zog ich mich in meine eigene kleine Welt zurück, die ich schon oft als eine Art *Seifenblasen-Welt* beschrieb. Die Welt da draußen verstand ich nicht und ich empfand auch nur sehr wenig Bezug zu ihr. Eine Teilnahme an dieser Welt, die auch oft von mir gefordert wurde, ließ mich einige Strategien entwickeln, die mir halfen, besser in dieser zurechtzukommen. Wenn ich unsicher war, fing ich einfach an zu lachen. "Ja, das kommt sicherlich immer gut an!", dachte ich mir! Manchmal passte es aber leider überhaupt nicht. Trauer zu empfinden, vor allem wenn wirklich etwas Trauriges geschah, fiel mir schwer. Eher beschäftigte ich mich dann damit, zu versuchen, derartige Gefühle nachzuvollziehen. Irgendwie steckte immer eine Art Neutralität in mir, die ich mir ausschließlich durch diesen fehlenden Bezug zu dieser Welt außerhalb meiner kleinen *Seifenblasen-Welt* erklären kann. *Was für eine Welt, die ich nicht verstand, umgab mich da eigentlich? Wer waren all diese Menschen, die sich andauernd so merkwürdig verhielten? Würde ich jemals einer von ihnen sein können? Wenn ja, wie?* Ein Forscherdrang wurde in mir geweckt!

2.

Ich hielt mich nie mitten im Geschehen auf und hatte auch nie das Gefühl, mich mitten im Geschehen aufzuhalten. Nichts im Außen berührte mich, die einzig reale Welt fand in mir selbst statt und niemand fand wirklich Zugang zu dieser, nicht einmal meine Familie. Ja, ich fühlte mich tatsächlich wie auf einem *falschen Planeten. Bin ich wirklich ein Mensch, wie all die anderen Menschen, denen ich tagtäglich begegne?* Manchmal wäre ich es gerne gewesen, um doch irgendwie dazuzugehören, doch kamen mir die Menschen oft wie eine völlig andere Spezies vor, was mich wiederum eher abschreckte. Jeder hörte die Musik, die gerade in war. Der Kleidungsstil änderte sich je nach Mode, ständig. Beinah jedes Mädchen schwärmte von irgendeinem Jungen, Sänger oder Schauspieler und irgendwie gab es andauernd diese plötzlich neu auftretenden Floskeln und Gesten, die für eine bestimmte Zeit so cool waren. Was ich beobachtete, verwirrte mich. Die vielen Geschehnisse der äußeren Welt zogen an mir vorüber. Ich selbst fand mich jedesmal nur am Rande dieses ganzen Wahnsinns wieder. Ich hatte ein großes Bedürfnis danach, ich selbst sein zu dürfen, denn das Beobachten der Masse jagte mir schreckliche Angst ein.

Für Freundschaften interessierte ich mich kaum, zudem fand ich es viel zu schade, meine Zeit mit Menschen zu verbringen, die keinerlei Interessen mit mir teilten. Auch mochte ich es nicht, wenn ich Menschen in meiner Nähe plötzlich nicht mehr unter Kontrolle hatte. Hier ging es nie um eine Art Kontrolle zur Machtausübung, sondern um eine Ordnung, die in meinem Inneren, wie auch im Außen völlig perfekt zu sein hat. Auf einen Besuch muss ich genauestens vorbereitet sein. Es kann nicht plötzlich jemand an meiner Tür klingeln und einen freudig strahlenden Menschen erwarten. Ich kann mich auch nicht einfach ans Telefon setzen und so etwas wie einen netten kurzen Plausch halten. Mein gesamter Tagesablauf ist strukturiert und bis ins Detail geplant. Änderungen reißen mir buchstäblich den Boden unter den Füßen weg und ein geselliger Mensch bin ich von Grund auf nicht. Das Zusammensein mit anderen Menschen empfand ich schon immer als sehr anstrengend. Da ich verschiedene Gesichtsausdrücke kaum voneinander zu unterscheiden oder zu deuten weiß, bleibt mir das, was in meinem Gegenüber vor sich geht, immer ein Rätsel. Verwirrungen und Unsicherheiten liegen da ständig in der Luft, was oft auch äußerst unangenehm sein kann. Meist versuche ich daher auf andere Dinge zu achten, je nachdem, mit wem ich es zu tun habe. Das Ganze hat auch den Vorteil, dass ich meinem Gegenüber nicht ins Gesicht oder gar in die Augen sehen muss, denn dies stellt einer meiner weiteren Probleme dar. Blickkontakt herstellen oder halten ist überaus schwierig, warum, weiß ich selbst nicht einmal so genau. Wenn ich jemandem versuche in die Augen zu sehen, ist es, als ob mich dieser Jemand mit seinem Blick verschlingen wolle. Es wühlt mich unheimlich auf, ich werde nervös und bekomme das Gefühl, innerlich zu explodieren, wenn ich meinen Blick nicht schnell wieder abwende. Niemals wäre es mir möglich, jemandem in die Augen zu schauen und mich zusätzlich noch auf das Gespräch zu konzentrieren. Das alles und noch einiges mehr, kann zu vielen Missverständnissen führen. Obwohl ich ein wirklich sehr freundlicher Mensch bin, gab es immer wieder Personen in meinem Leben, die mir irgendwann später, nachdem wir schon ein paar Wortwechsel hinter uns hatten, mitteilten, wie unsicher und ängstlich sie doch gewesen seien, als sie das erste Mal vorhatten, mich einfach mal anzusprechen. *Aber warum nur?* Der Grund für diese Unsicherheiten und Ängste war immer derselbe: Ich scheine von Grund auf an niemandem interessiert zu sein, zudem hätte ich einen völlig neutralen Gesichtsausdruck, der es ihnen erschwere, mich irgendwie einschätzen zu können und dann wirke ich etwas arrogant und herabwürdigend. Es verletzte mich immer wieder zutiefst, derartiges über mich zu hören, denn in Wirklichkeit verbirgt sich hinter dieser Fassade ein äußerst mikriges Selbstvertrauen. *Empfanden denn meine Mitschüler damals genau dieselben Unsicherheiten und Ängste? Kann es sein, dass ich deshalb auf eine gewisse Art und Weise eine Herausforderung für sie darstellte?*

3.

Schon in der ersten Klasse ging das Mobbing los. Von meiner Art her war ich nicht nur sehr zurückhaltend, sondern auch extrem naiv. Ich glaubte grundsätzlich alles, was man mir erzählte. *Warum auch an den Worten anderer zweifeln?* Ein derartiger Gedanke wäre mir gar nicht erst in den Sinn gekommen. Man konnte mir die unglaubhaftesten Geschichten erzählen, wenn ich derartige zu Hause, bei meiner Familie, ernsthaft zur Sprache brachte, wunderte ich mich meist erst über das Gelächter, bis ich verstand, dass man mir einen *Bären aufgebunden* hatte. Das konnte manchmal zu richtig heftigen Diskussionen führen, weil es nie wirklich einfach war, mich davon zu überzeugen, dass ich nur wieder einmal sehr naiv war. Meist ärgerte ich mich im Nachhinein sehr darüber und machte es mir zur Aufgabe, den Menschen etwas skeptischer gegenüber zu treten.

Eines hatte sich, im Gegensatz zu meiner Kindergartenzeit völlig geändert: Ich musste mir niemanden mehr großartig vom Halse halten, meine Mitschüler gingen mir freiwillig aus dem Weg. Trotzdem kam es jedoch immer wieder zu verbalen Hänseleien, die erst ein paar Jahre später noch ins Handgreifliche übergingen sollten.

Die größte Überwindung stelle der Sportunterricht für mich dar. Hier wurde jedesmal aufs Neue sehr deutlich, wie unerwünscht ich war, wenn es zum Beispiel darum ging, Mannschaften zu bilden. Niemals wählte man mich freiwillig, denn keiner von meinen Mitschülern wollte mich in seiner Mannschaft haben. Diese dabei verachtenden Blicke und Sprüche mir gegenüber waren einerseits sehr schmerzvoll, doch andererseits war ich auf froh darüber, dass man mich nicht wollte, denn so durfte ich mich jedesmal auf die Ersatzbank setzen und musste am Sportunterricht so gut wie gar nicht teilnehmen. *Ich hatte eine Ersatzrolle - Dafür gab es keine sechs im Zeugnis!* Der Sportunterricht widerte mich grundsätzlich an, und meist verweigerte ich diesen. Im Gegensatz zu meinen äußerst gelenkigen Mitschülern war ich überaus unsportlich. Zudem hatte ich viel zu sehr Angst vor all den Geräten und Übungen. Wenn ich allein nur über die vielen einzelnen Gefahren nachdachte, verweigerte ich strikt den Versuch, das zu tun, was die Sportlehrerin von mir verlangte. Das nächste Problem war das große Durcheinander in der Turnhalle. Mal abgesehen von der enorm lauten Geräuschkulisse, war es verdammt anstrengend, die Bewegungen der einzelnen Mitschüler geistig unter Kontrolle zu behalten. Das Chaos im Außen verursachte ein unheimliches Chaos in meinem Inneren, das ich in stereotypen Verhaltensweisen wieder abbaute. *Vor, zurück, vor, zurück* - ständig wippte ich mit meinem Oberkörper vor und zurück. Die Menschen um mich herum empfanden das als völlig abnormal, für mich war es das beruhigendste, was es gab. Wenn das nicht ausreichte, kaute ich meist noch auf meinen Fingernägeln herum oder zupfte und rupfte mir die Haut von den Lippen, bis sie bluteten und schmerzlich brannten. Wenn auch das noch nicht ausreichte, kam noch das extreme auf- und abwippen eines meiner Beine hinzu. Eine merkwürdig gekrümmte, steife und angespannte Haltung unterstrich das Ganze noch zusätzlich. In solchen Momenten war ich so sehr überreizt, dass ich am liebsten um mich geschlagen und bis zur Erschöpfung geschrieen hätte, was nicht bedeutet, dass derartige Ausbrüche noch nicht stattgefunden haben. Wenn es raus musste, musste es raus. Der Schock saß jedesmal tief, den ich damit verursachte, doch kurze Zeit später machte man sich schon wieder lustig darüber und beschimpfte mich als eine *Psychopathin* oder stellte sogar beeindruckende Vergleiche zu *Kaspar Hauser* auf. Mir war das ja selbst nie irgendwie bewusst gewesen, worüber die anderen lachten. Alles, was ich tat und so wie ich war, empfand ich als völlig angemessen und normal. Erst mit der Zeit, als man mich direkt auf mein Verhalten hinwies, begann ich mich für dieses zu schämen und versuchte es nacheinander abzulegen. Ganz und gar gelang es mir nicht und ich hasste mich immer mehr dafür, denn ich wollte alles andere als abnormal wirken!

4.

Ich sitze direkt vor dem Lehrerpult an meinem Platz, den man mir zugewiesen hat, um meine verträumten Abwesenheitszustände besser im Blick zu haben. Ein unwohles Gefühl breitet sich in mir aus. Eine Hitzewelle durchströmt meinen Körper, mein Atem geht schneller und mein Herz klopft wie wild. Plötzlich merke ich, was mit mir los ist: Ich muss so verdammt dringend ..., dass ich es höchstwahrscheinlich gar nicht mehr auf die Toilette schaffe!

Ich bin kurz davor in Panik auszubrechen. Was nun? Obwohl ich mich grundsätzlich nicht melde, da ich es gerne vermeide, die Blicke und Aufmerksamkeit meiner Mitschüler auf mich zu lenken, tu ich es nun doch, und schon starren mich alle an! Meine Panik steigt. Ich sehe mich nicht um. Ich versuche mich nicht darauf zu konzentrieren und hoffe nur, dass meine Lehrerin endlich zu mir herübersieht. Bitte, bitte, bitte! ... Sie hat mich entdeckt!

"Ja, bitte?", möchte sie von mir wissen, und ich antworte ihr so leise wie nur möglich, dass ich dringend auf die Toilette müsse. Nun nickt sie mir freundlich zu und schon springe ich von meinem Platz hoch, eile zur Tür, doch in dem Moment versagen all meine Kräfte, die ich dafür aufgebracht habe, um den Drang zurückzuhalten...

Die gesamte Klasse fing an zu lachen und zu prusten. Ich schämte und ärgerte mich so sehr dafür, dass ich leise anfing zu weinen. Meine Lehrerin versuchte wieder für Ruhe im Raum zu sorgen und bis auf ein paar entwürdigende Sprüche gelang ihr dies auch.

Einnässen, Bettnässen, Vollnässen - wie auch immer - ich trieb meine Mutter in pure Verzweiflung damit. Während ich schlief, spürte ich nicht den geringsten Drang und auch im Wachzustand bemerkte ich diesen leider immer erst viel zu spät. Jeder, der davon wusste, war anderer Meinung zur Lösung des Problems: Die Einen sagten, man müsse etwas härter zu mir sein, die anderen widersprachen, man dürfe mich auf gar keinen Fall dafür bestrafen. Letzteres empfand auch meine Mutter als angemessener. Sie war überhaupt nicht der Typ, der bestrafte oder viel schimpfte, doch trotzdem musste dieses Einnässen, Bettnässen, Vollnässen doch irgendwann einmal ein Ende haben! Was mir letztendlich half, ist eine wirklich tolle Erfindung: die *Klingelhose*!

Die *Klingelhose* kann man nicht so ganz als eine Hose bezeichnen, sondern eher als eine batteriebetriebene Verbindung zwischen einer Einlage, die man sich ins Höschen legt und einer Klingel, die man am oberen Teil des Nachthemds oder ähnliches, je nachdem, was man trägt, befestigt. Sobald die Einlage Feuchtigkeit fängt, klingelt es auch schon, damit man geweckt wird und noch rechtzeitig auf die Toilette kommt. Um die Klingel wieder ruhig zu stellen, befestigt man einfach einen dazugehörigen Aufsatz an dieser, den meine Mutter immer mit Absicht auf die Toilette, neben der Spülung, platzierte, damit ich dann auch ja aufstehe und mein kleines Geschäft am richtigen Ort hinterlasse. Nach und nach bekam ich ein besseres Gefühl davon, wann ich musste und ab meinem etwa 10. Lebensjahr blieb auch endlich das Bett nachts trocken.

5.

Nun habe ich ein wenig über die erste Zeit in der Schule geschrieben, aber was war eigentlich bei mir zu Hause los? Ich verbrachte überwiegend viel Zeit in meinem Zimmer oder bei meiner Oma. Meine Oma war für mich so etwas wie eine zweite Mutter und lange Zeit nannte ich sie auch Mama, bis ich irgendwann wieder davon abließ. Am liebsten beschäftigte ich mich mit Zeichnen oder Basteln. Später, als ich Lesen und Schreiben gelernt hatte, gehörte auch dies zu meinen Lieblingsbeschäftigungen. Meine selbstgemalten Bilder wurden von meiner Familie am meisten bewundert, ich hatte schon sehr früh ein *Händchen* dafür. Vielleicht liegt es sogar daran, dass im Gegensatz zu meiner Grobmotorik, meine Feinmotorik außergewöhnlich gut ausgeprägt ist. Wenn ich grobmotorische Leistungen erbringen sollte, war ich ein Schussel ohne Ende, ging es aber um Feinarbeiten, dann vollbrachte ich Werke, die andere immer wieder ins Staunen versetzten. Am Zeichnen faszinierte mich vor allem, wie aus so vielen kleinen Details ein gesamtes Bild entsteht. Dinge aus dem Kopf heraus auf das Papier zu bringen, fiel mir verzweifelnd schwer, aber sobald ich eine Vorlage und leere Blätter vor mir liegen hatte, juckte es förmlich in meinen Fingern und hörte nicht auf, bevor ich mit meiner Arbeit loslegte. Beim Basteln hatte ich wiederum eigene, sehr ausgefallene und originelle Ideen. Egal, was ich mir wünschte oder in meiner Kindheit gern an

Spielzeug gehabt hätte, ich versuchte es einfach selbst anzufertigen. Als dann noch das Lesen und Schreiben hinzukam, mussten so viele Bücher wie möglich her. Ein Mal in der Woche hielt der Stadtbüchereibus bei uns ganz in der Nähe. Da auch meine Mutter eine leidenschaftliche Leserin war, beantragte sie eine Mitgliedskarte und nahm mich oft mit zu dieser Bücherei auf vier Rädern. Mit Kinderbüchern konnte ich nicht sehr viel anfangen. Interessiert habe ich mich eher für die verschiedensten Kulturen unserer Erde, wie auch ihre Sprachen, Geschichte, Urzeitwesen, aber eine ganze Weile auch sehr für den Tod und viele damit verbundenen Fragen, die ich mir einerseits rational zu beantworten versuchte und andererseits spirituell. Ich war ein sehr wissbegieriges Kind, und wenn mir ein Buch besonders gut gefiel, konnte ich einfach nicht anders und schrieb es schließlich auch ab, nachdem ich es gelesen hatte. Das Endergebnis war mir gar nicht einmal so wichtig, das Abgeschriebene verstaubte meist bei mir im Schrank. Ich hatte sehr viel Spaß am Schreiben selbst. Jedesmal, wenn ich vor einem Buch, meinem Block und meinem Stift saß, hat mich die Lust so sehr ergriffen, dass ich gleich mehrere Stunden am Stück schrieb. So etwas wie Langeweile gab es für mich nicht und wenn es doch mal so schien, als ob ich nichts zu tun gehabt hätte, sendete ich mir still und heimlich Botschaften in die Zukunft. Jedesmal stellte ich mir dabei vor, wie ich diese empfange, wenn ich einmal groß sein würde und ja, ich erinnere mich an jede einzelne Botschaft wieder! Es ist, als ob ein Kind zu mir sprechen würde, das niemand anderes ist als ich selbst. Umso älter ich werde, desto mehr verblassen die Botschaften, aber sie sind angekommen!

Meine Mutter habe ich nicht ein einziges Mal still sitzend in Erinnerung, es sei denn, sie trank ihren Kaffee oder lackierte sich die Fingernägel. Sie war und ist auch heute noch eine sehr verantwortungsbewusste Frau, mit *beiden Beinen fest im Leben stehend.* Aber nicht nur das! Sie ist obendrein noch sehr gebildet, wunderschön, mutig, klug, stark und unheimlich zielstrebig. Ich bewundere sie sehr. Sie achtete sehr darauf, dass alles seine Ordnung hatte, war immer irgendwie am Tun, sogar wenn wir Fern sahen, war sie entweder nebenbei am Bügeln oder stricken. Ich glaube, sie brauchte das auch einfach für ihr inneres Wohlbefinden, ihre Pflicht getan zu haben und ich bin mir sicher, dass sie vom Herumsitzen, auch wenn es nur für ein paar Minuten gewesen wäre, ein schlechtes Gewissen bekommen hätte. Ähnlich ist es auch bei mir, nur besteht der Unterschied zu ihr darin, dass ich, wie schon erwähnt, alles sehr genau geplant und strukturiert tun muss. Ich habe meine festen Zeiten für alles, da kann ich weder etwas dazwischenschieben, noch ganz plötzlich den Ablauf ändern. Dann kommt noch hinzu, dass ich mich nicht auf mehrere Dinge gleichzeitig konzentrieren kann, was bedeutet, dass ich während dem Tun meine absolute Ruhe benötige. Sogar aufkommende Gedanken, die nichts mit dem gemeinsam haben, womit ich mich gerade beschäftige, können dafür sorgen, dass ich versehentlich ein unheimliches Wirr-Warr anrichte. Es reicht mir schon völlig, wenn Gegenstände auf einem Tisch nicht so liegen, wie sie immer liegen und keine gerade Linie zueinander bilden. Kuddelmuddel kann ich nicht ausstehen. Chaos im Außen bewirkt Chaos im Kopf! - *Blackout*...

Meine beiden Geschwister waren die meiste Zeit über außer Haus. Sie hingen irgendwie mehr aneinander, als einer von beiden, oder beide gemeinsam an mir. Wahrscheinlich deshalb, weil sie mit mir nicht allzu viel anzufangen wussten. Manchmal fanden sie es witzig, wie empfindlich und sensibel ich in Bezug auf alles reagierte und waren es auch schon gewohnt, dass ich zum Beispiel bei einem leichten Klopfen auf meiner Schulter so tat, als ob man mir den Arm herausgerissen hätte. Trotzdem verstanden wir uns aber im Großen und Ganzen sehr gut.

Mein zweiter Stiefvater, auf meinen Ersten und meinen leiblichen Vater komme ich später noch zu sprechen, befand sich überwiegend in der Fabrik seiner Firma und hielt dort die großen lärmigen Maschinen am Laufen, denn er war Werkzeugmachermeister. Oft war auch ich dabei und durfte die vielen wichtigen Knöpfchen drücken, was ich äußerst beeindruckend fand! Am meisten Spaß bereiteten mir jedoch seine eintägigen Geschäftsreisen zu Kunden, die immer wieder mal stattfanden und so gut wie nie verpassen wollte. Ich liebte Autofahrten, vor allem, wenn sie sehr lang waren. Im Grunde befand ich mich schon immer wie unter ständiger Hochspannung und die Nervosität war dahingehend ebenfalls einer meiner ständigen Begleiter. Sitze ich aber in einem fahrenden Auto, ist von all dem keine Spur mehr zu erkennen. Ich kann mich noch genau daran erinnern, wie ich einmal an einer Bushaltestelle stand und sich ganz plötzlich eine Panikattacke in mir breit machte, gefolgt von heftigem Schwindel- und Ohnmachtsgefühlen. Mein Herz klopfte wie wild, ich hatte das Gefühl, es würde jeden Moment stehen bleiben und dann kam der Bus! Übel wurde mir nun auch noch und ich hatte große Angst, mich vor all den Leuten im Bus übergeben zu müssen. Trotzdem wollte ich aber diesen nehmen, denn ich war ohnehin schon spät dran. So betrat ich ihn also, setzte mich in die hinterste Ecke, legte den Kopf in meine Hände und schloss die Augen, um irgendwie alles um mich herum abschalten zu können. Als der Bus losfuhr, ging es mir plötzlich immer besser. Es war so verdammt erleichternd! Hielt der Bus jedoch wieder an, weil wir zum Beispiel an eine Haltestelle fuhren, so ging das Ganze von vorne los! Warum das so war, ist mir bis heute ein Rätsel, aber ganz ähnlich verhielt es sich damals schon während den Autofahrten. Es löste eine unheimlich beruhigende Wirkung in mir aus.

Mein Stiefvater war sehr großzügig, aber auch konsequent, wenn es denn sein musste. Er hatte sich große Mühe gegeben, von uns Kindern akzeptiert zu werden, doch war es alles andere als einfach für uns, nochmals eine Vaterfigur anzunehmen, nach all dem, was wir mit unserem ersten Stiefvater, bzw. dem leiblichen Vater meines Bruders durchleben mussten. Er war starker Alkoholiker und es gab jahrelang immer wieder heftige Streite zwischen ihm und meiner Mutter. Wir Kinder lebten damals in Angst und Schrecken und manche Nächte waren so schlimm, dass ich heute noch zittere, wenn ich nur daran denke.

Die Personen, die ich hier nun aufgezählt habe, waren also diejenigen, mit denen ich tagtäglich zusammenlebte. Der leibliche Vater meiner Schwester und mir, verließ uns, als wir noch sehr, sehr klein waren. Im Alter von 14 Jahren lernte ich ihn zum ersten Mal näher kennen und komme später nochmal ausführlicher auf ihn und diese Zeit zurück.

Wenn ich nicht zu Hause war, war ich meist bei meiner Oma. Sie wohnte, zusammen mit meinem Opa und ihrem Sohn, meinem Onkel, direkt nebenan. Das war sehr praktisch! Ich liebte es, bei meiner Oma zu sein, sie ist eine Frau mit ganz viel Liebe im Herzen, völlig selbstlos, immer darauf bedacht, dass es auch jedem gut geht. Mein Opa, der nach außen hin sehr verschlossen und grimmig zu sein scheint, ist in Wirklichkeit ebenfalls ein herzensguter Mensch, das weiß ich, nur hat er einfach überaus große Schwierigkeiten, dies auch zu zeigen. Mein Onkel ist, wie ich, ein sehr zurückgezogener Mensch. Obwohl er überaus intelligent ist, ist er zu einem selbstständigen Leben so gut wie gar nicht fähig. Zudem ist er sehr schweigsam und verlässt das Haus überhaupt nicht gerne, leidet unter Zwängen und unter Schluckbeschwerden, so dass er keine feste Nahrung zu sich nehmen kann. Früher hatte man mich oft mit ihm verglichen und manchmal sogar Angst und Bange gehabt, ich könne genauso werden wie er. Ohne genau zu wissen, was denn eigentlich mit ihm los war, urteilte man ausschließlich negativ über ihn. Immer wieder musste ich mir mit anhören, wie faul er sei und wie sehr er meiner Oma und meinem Opa finanziell und anderweitig zur Last fallen würde. Anstatt, dass man sich genauer mit ihm und seinen wirklichen Problemen auseinandergesetzt hat, legte man ihm Arbeitsangebote ins Zimmer, mit der Bitte, sich bei diesen zu bewerben. Man reduzierte diesen Menschen ausnahmslos auf seine Funktionen zum Wohle der Gesellschaft und stellte den Menschen an sich, wie auch sein psychisches Wohlergehen völlig in den Hintergrund. Die Auswirkungen waren verheerend. Mein Onkel wurde zu einem sehr depressiven und mutlosen Menschen.

Einen sehr engen Kontakt hatten wir damals auch zu meiner Tante, die Schwester meiner Mutter. Eine sehr liebe, ruhige und nette Person, auf deren Besuch ich mich immer gefreut habe. Wenn sie zu uns kam, hatte sie meist Bastelzeug dabei, womit wir uns oft einen ganzen Nachmittag beschäftigen konnten. Ansonsten kannte ich noch meine Uroma, die Mutter meiner Oma, sehr gut und auch meine Altoma, die Mutter meines Opas, besuchte ich oft, als ich noch klein war. Meine Uroma starb, als ich etwa 24 Jahre alt war. Ihr Mann hingegen, mein Uropa ging aufgrund von Krebs schon recht bald von uns, aber auch ihn habe ich noch schattenhaft in Erinnerung. Mich faszinierten die Älteren Menschen aus meiner Familie und ihre

Geschichten, die sie zu erzählen hatten, immer sehr. Ich kann auch heute nie genug von dem hören, was meine Oma noch so alles über ihre Kindheit zu berichten hat. Meine Uroma kam ursprünglich aus Schlesien und wurde Ende des 2. Weltkrieges aus ihrer Heimat vertrieben. Genau zu dieser Zeit wurde meine Oma geboren. Der leibliche Vater meiner Oma war Österreicher. Was mit ihm geschehen ist, weiß ich nicht, ich weiß nur, dass sich beide nie gesehen haben und daher auch nicht kannten. Mein Uropa, den ich noch schattenhaft in Erinnerung habe, war also nicht der leibliche, sondern der Stiefvater meiner Oma, wurde aber als Vater voll akzeptiert und geliebt.

Ich sah mir oft die Fotoalben mit all den alten, beeindruckenden Fotos an und jedesmal wurde dabei ein Stück Geschichte, die mich so brennend interessierte, in die Gegenwart geholt.

Festhalten möchte ich an dieser Stelle noch jemanden, der für eine kurze Zeit fast schon genauso zur Familie gehörte, wie all die anderen, über die ich nun ein wenig berichtet habe. Seinen Namen weiß ich leider nicht mehr genau, aber ich glaube, er hieß Thomas. Er war so ziemlich im selben Alter wie meine Mutter und lebte in einer Einrichtung der Lebenshilfe für Menschen mit Behinderung, ganz in der Nähe von uns. Man stufte ihn als geistig zurückgeblieben ein und wenn ich mich richtig erinnere, wurde er von seinen Eltern, aufgrund der Behinderung, in diese Einrichtung abgeschoben und hatte auch nur sehr selten, wenn überhaupt, Kontakt zu ihnen. Meiner Mutter ist er dafür jedoch sehr ans Herz gewachsen und wir unternahmen sehr viel mit ihm. Er war ein fröhlicher und trauriger Mensch zugleich, immer wieder sprach er davon, wie sehr er sich eine Mama wie unsere Mama wünschte. Ihr standen dabei jedesmal die Tränen in den Augen und sie versuchte ihm so viele schöne Stunden wie nur möglich zu bereiten. Ich habe keinerlei Erinnerungen mehr daran, warum der Kontakt zu ihm irgendwann abbrach, aber es war eine sehr eindrucksvolle und rührende Zeit.

6.

In der zweiten Klasse geschah etwas, was ich niemals für möglich gehalten hätte: Ich lernte eine meiner Mitschülerinnen näher kennen und wir wurden sogar für mehrere Jahre sehr enge Freundinnen. *Wie kam es dazu?* Eines Tages, als uns unsere Lehrerin nach der sehr anstrengenden Mathematikstunde mal wieder eine Verschnaufpause von fünf Minuten gab, kam Saskia aus der Sitzreihe hinter mir auf mich zu und fragte mich, ob ich denn Lust hätte, meinen Radiergummi mit ihrem zu tauschen. Ich erschrak, sah sie an, als ob man mich soeben geblitzt hätte und versuchte, erst noch einmal genau zu begreifen, was sie von mir wollte. Sie hielt mir ihren Radiergummi direkt vor meine Nase und dann dämmerte es mir: *Ah ok! Ja, klar! Warum nicht?* So zog ich also das eigentlich nicht wirklich tauschwürdige Gummiteil aus meinem Federmäppchen und überreichte es ihr. Sie nahm es, ich nahm ihres, dann bedankte sie sich freudestrahlend bei mir und setzte sich wieder auf ihren Platz zurück. Ich wunderte mich zunächst sehr darüber, da sie 1. im Gegenteil zu mir eine sehr beliebte Mitschülerin war, 2. sah der Radiergummi wirklich hässlich aus, den sie da von mir wollte und 3. war aufgrund der hohen Anzahl von Schülern in nur einer Klasse, die Wahrscheinlichkeit, dass ich ihrer Meinung nach den allerschönsten Radiergummi besitzen würde, viel zu gering. Das waren meine Gedanken, die mich nun beschäftigten. Andererseits gefiel mir, was da gerade geschah! *Würden mich die anderen vielleicht mehr respektieren, wenn ich mit ihr befreundet wäre? Ob sie morgen wieder Radiergummis mit mir tauschen will?* Fragen über Fragen! Nachdem die Schule beendet und ich wieder zu Hause war, erzählte ich sofort meiner Mutter davon. Sie freute sich sehr darüber, denn nun hatte sie Hoffnung, dass es mit meiner Kontaktfreudigkeit etwas bergauf gehen würde. Gemeinsam beschlossen wir, viele wunderschöne Radiergummis zu kaufen, um für eine mögliche weitere Tauschanfrage bestens ausgestattet zu sein. Tatsächlich kam Saskia am nächsten Tag noch einmal, am übernächsten wieder und die folgenden Tage auch. Jedesmal zog ich die hübschesten Vorräte aus meinem Federmäppchen, bis sie mich nach nun einigen vergangenen Tauschvorgängen fragte, ob ich denn nicht mal Lust hätte, nach der Schule zu ihr nach Hause zu kommen, ihre Meerschweinchen hätten Babys bekommen. *Meerschweinchen?* In meinen Gedanken sah ich rosa grunzende Ferkel, die in Richtung Küste wie wild im Meer paddeln und fragte mich, ob man denn so etwas wirklich zu Hause halten könne. *Hatte sie sich mit mir nur einen Spaß erlaubt und alle anderen hängen da irgendwie mit drin?* Ich sah mich vorsichtig in der Klasse um, aber ich konnte nichts verdächtiges erkennen. Nun gut, ich sagte also erst einmal zu und als ich zu Hause war, erzählte ich meiner Familie davon. Niemand lachte mich aufgrund dieser Meerschweinchen aus, im Gegenteil, sogar meine Schwester wollte sie unbedingt sehen. Für meine Mutter war das völlig in Ordnung und so besuchten wir zu dritt Saskia und ihre Meerschweinchen. Diese Tiere sahen überhaupt nicht aus, wie ich sie mir vorgestellt hatte, aber ich fand sie so niedlich, dass ich nun auch eines haben wollte. Meine Mutter überlegte, erkundigte sich bei Saskias Mutter über die Art der Haltung und entschied dann letztendlich, dass wir uns also einen für Meerschweinchen geeigneten Käfig besorgen würden, damit auch ich Freude an so ein quiekendes Geschöpf haben konnte. Ausgesucht habe ich mir das kleine Weibchen mit den roten Augen, dessen vordere Körperhälfte schwarz und die hintere weiß war. So nahm ich das Meerschweinchen vorsichtig an mich und gab ihm den Namen *Schunia*, warum auch immer.

Meine Schwester und ich waren sehr glücklich darüber, nur mussten wir auf unseren Bruder achten, der erst noch zu lernen hatte, wie man mit so einem Tier richtig umgeht, wie man es hält, was ihm vielleicht weh tun könnte und derartiges mehr. Aber so sehr interessierte es ihn wiederum nicht, dass man ihn ständig im Auge behalten hätte müssen, denn er hatte schon damals die meiste Zeit nur Fußball im Kopf!

Da Schunia mir gehörte und ausschließlich ich darüber entscheiden wollte, wer sie streicheln und halten durfte, bekam auch meine Schwester nach ein paar Tagen ein eigenes Meerschweinchenbaby und nannte es Noxi. Wir liebten es, Gehege für diese Tierchen zu bauen, sie zu füttern und ihnen ganz viel beizubringen, kuscheln und streicheln war nicht ganz so mein Ding. Auch ihr Tod berührte mich damals nicht so sehr wie meine Schwester, worüber ich mir schrecklich viele Gedanken machte. Ich stand da, sah meiner Schwester dabei zu, wie sie weinte und wusste nicht, wie ich darauf reagieren sollte. In solchen Momenten musste ich mich sogar oft zusammenreißen, damit ich nicht das Lachen anfange, was allerdings weder böse gegenüber meiner Schwester noch gegenüber den beiden Meerschweinchen gemeint war. Ich verstand ihre Traurigkeit darüber, dass sie nun kein Meerschweinchen mehr hatte, aber es gibt doch bestimmt noch bestimmt noch eine ganze Menge mehr von ihnen, dachte ich bei mir.

7.

Saskia und ich unternahmen sehr viel miteinander. Mit ihr fühlte ich mich sehr wohl, da sie mich so akzeptierte, wie ich war und oft bewunderte ich ihre überaus guten Leistungen in der Schule.

Als wir in die dritte Klasse kamen, hatten ihre Eltern vor, in einer von uns weiter entfernteren Ortschaft, ein Haus zu bauen, was auch bedeutete, dass Saskia bald eine andere Schule besuchen würde. Wir hatten zwar noch viel Spaß miteinander, aber als ihre Eltern in die Schule kamen, um sie abzuholen, brach eine Welt für mich zusammen. Ich sah ihr noch lange durch die Glastüre am Ausgang des Schulgebäudes nach und dann wurde mir erst so richtig bewusst, dass ich in meiner Klasse nun wieder völlig auf mich allein gestellt war. In dem Moment, als mir das plötzlich so schmerzlich bewusst wurde, kam eine meiner Mitschülerinnen auf mich zu, die mir vorher noch gar nicht so richtig aufgefallen war, und fragte mich, ob ich denn sehr traurig darüber sei, dass Saskia nun nicht mehr wiederkommen würde. Ich sah sie an, nickte und versuchte währenddessen dieses Gefühlschaos in mir unter Kontrolle zu bringen. Dies war der Anfang einer nächsten Freundschaft, die jedoch noch lange nicht so schön und intensiv war, wie die mit Saskia, sondern manchmal sogar überaus anstrengend und demütigend.

Nun fühlte ich mich also erneut ausgegrenzt und auch meine *Zwänge* und *Tics* zeigten sich wieder von ihren *besten Seiten*. Schon damals hatte ich einen merkwürdigen *Zwang*, der mir bis heute noch nicht *von der Seite gewichen ist*: Alles, was ich berühre, muss auch von meinen Fingernägeln berührt werden. Wenn ich beispielsweise ein Glas in die Hand nehme, in den Schrank stelle und dieses Glas nicht auch mit meinen Fingernägeln in Berührung kam, muss ich es noch einmal aus den Schrank holen und mit den Fingernägeln berühren. Das kann manchmal richtig nervig sein, vor allem, wenn man an einer Wand entlangstreift, dem Zwang nicht nachzugeben versucht und dann schließlich doch aufgibt, wieder zu der Stelle der Wand zurückläuft, an der man begonnen hat, diese entlangzustreifen, und das Ganze nochmal von vorne macht, nur diesmal so, dass auch die Fingernägel mit der Wand in Berührung kommen. *Wie sinnlos das Ganze doch ist!* Aber es würde mir keine Ruhe lassen...

Hinzu kam noch mein merkwürdiger *Zwinker-Tick*, den ich heute jedoch, Gott sei Dank, nicht mehr habe. Nebenher gluckste ich noch alle paar Sekunden, räusperte mich ebenfalls so oft und schluckte in immer kürzeren Abständen hintereinander, bis es nicht mehr ging und ich deshalb anschließend fast jedesmal in Panik ausbrach. Das alles war eine große Belastung für mich und auch meine Mutter fand das so merkwürdig, dass sie es damals beim Arzt ansprach. Dieser konnte jedoch keine körperliche Erkrankung feststellen und damit war das auch jedesmal wieder ganz schnell *vom Tisch*.

In der dritten Klasse geschah es nun auch, dass man sich große Sorgen um meine *Rechenschwäche* machte. Schon nach kurzen Untersuchungen und Tests stellten Ärzte die Teilleistungsstörung *Dyskalkulie* fest. Ich hatte große Schwierigkeiten mit Mengenverhältnissen und musste etwa ein Mal die Woche zum *ALF-Institut*, um diese *Rechenschwäche* therapieren zu lassen. Zu der Zeit war ich etwa zehn Jahre alt und benötigte immer noch meine Mutter für alles, bis sie eines Tages auf die Idee kam, dass ich doch zu meinem nächsten Termin alleine mit dem Bus fahren könne, um so meine Selbstständigkeit etwas zu fördern. Nun war es jedoch so, dass ich allein bei dem Gedanken daran schon in Angst und Panik geriet und flehte meine Mutter bestimmt eine ganze Woche lang an, mich doch bitte wieder zu begleiten, aber sie blieb sehr eisern bei ihrem Entschluss, da man wieder einmal Bange hatte, ich könnte wie mein Onkel enden. Immerhin fuhren meine beiden Geschwister mittlerweile schon, nur so zum Spaß, von der einen Endhaltestelle bis zur nächsten Endhaltestelle!

Jeder aus meiner Familie versuchte mich nun auf diesen Tag gut vorzubereiten und als es endlich so weit war, blieb mir auch nichts anderes übrig, als es einfach so hinzunehmen. Ich wartete an der Haltestelle auf den Bus und hoffte währenddessen, dass er bitte nicht zu voll sein würde. Als er angerollt kam, sah ich, dass er zwar nicht völlig überfüllt war, aber angenehm leer, wie ich es gerne gehabt hätte, war er auch nicht wirklich. Ich setzte mich direkt auf den Platz neben dem Ausstieg, um auch ja wieder herauszukommen, falls der Bus noch voller werden sollte. Der Gedanke daran, dass ich es in diesem Fall nicht mehr schaffen könnte, auszusteigen, machte mir am meisten Angst, doch die Fahrt lief sogar besser, als ich erwartet hatte! Nachdem ich wieder ausgestiegen war, zitterten meine Beine so wahnsinnig, dass ich glaubte, jeden Moment zusammenzubrechen. Zum Glück war es nicht weit von der Haltestelle bis zum *ALF-Institut* und die Gewissheit, wieder von meiner Mutter abgeholt zu werden, brachte mich langsam wieder zur Ruhe.

Meine Therapeutin war eine überaus nette und mütterliche Person, die mich schnell in ihr Herz schloss. Wenn ich mal wirklich keine Lust auf Mathematik hatte, schoben wir die Übungen ohne größere Umstände zur Seite und redeten einfach, worüber ich gerade Lust hatte. Im Grunde war es nie so, dass ich Zahlen nicht mochte oder nichts mit ihnen anzufangen wusste, im Gegenteil, jede Zahl, jeder Buchstabe und jedes einzelne Wort besitzt eine eigene Farbe, manche mochte ich sehr, andere fand ich wieder nicht so schön. Ich kann mich noch daran erinnern, wie ich meine Mutter einmal fragte, in welchen Farben denn bei ihr die Wochentage erscheinen. Wir standen an der Bushaltestelle, auf dem Weg zur Ergotherapie, es war bitterkalt und sie verstand nicht so richtig, was ich von ihr wollte. *Wochentage haben doch keine Farben!* Erst von da an wurde mir bewusst, dass ich sehr alleine damit war. Aber nicht nur Zahlen, Buchstaben oder Wörter, sondern auch Musik, Klänge und noch vieles mehr nehme ich farbig wahr. Hier macht sich auch oft Verwirrung in mir breit, wenn es darum geht, ob ich mir beispielsweise Musik anhöre oder ansehe. Nicht selten passiert es dann, dass man über mich lacht, weil ich mir Musik eben meist lieber *ansehe*, als *anhöre* und das auch dementsprechend zur Sprache bringe.

Da meine Mutter bis zu drei Jobs am Tag hatte und eine Umschulung begann, hielt sie es für sinnvoller und förderlicher, uns Kinder im Hort anzumelden, den wir nun jeden Tag, nach der Schule bis Abends um 16.30 Uhr besuchen mussten. Ich konnte den Hort nicht ausstehen. Er raubte mir die Freizeitgestaltung, die mir so lieb war und dazu noch meine eigene Entscheidung darüber. Wieder wurde von mir erwartet, dass ich mich ein wenig mehr auf die anderen Kinder dort einlasse, kontaktfreudiger werde und Dinge tun sollte, die mir einfach keinen Spaß machten. Das wirklich Einzige, was ich dort mochte, war das Mittagessen.

Lange Zeit besuchte ich in dieser Einrichtung die Gruppe für die Grundschüler, denn zu den Großen, die bereits schon in die Hauptschule, aufs Gymnasium oder zur Realschule gingen, wollte ich nicht und so drückte man immer wieder ein Auge zu, als auch ich später die Grundschule verließ, bis man mir sprichwörtlich einen *Schubs* gab und mir vermittelte, dass es nun aber an der Zeit sei, mich auch endlich zu den Größeren zu begeben. Mich grauste es jeden Tag mehr davor, diese Tagesstätte zu besuchen und eines Tages vereinbarten wir schließlich mit meiner Mutter, diese ab sofort schon immer um 15.00 Uhr verlassen zu dürfen. Das gefiel mir schon um einiges besser, doch schon kurz darauf kam der nächste Albtraum: *Schullandheime.*

Jedesmal, wenn es darum ging, mit der Klasse für ein paar Tage wegzufahren, baute ich einen großen verzweifelnden Aufstand zu Hause. Ich heulte, schrie und bettelte, bitte nicht mitfahren zu müssen, aber das kam gar nicht in Frage, denn es bot sich dadurch mal wieder eine gute Gelegenheit, meine Selbstständigkeit etwas mehr zu fördern und wieder ging das Thema los: *So konsequent hätte man auch mit meinem Onkel sein müssen!* ...

Im Grunde verstand man nicht, warum es so schlimm für mich war, schließlich freuten sich alle anderen Kinder riesig auf solche Aktionen wie Klassenfahrten und da mein Verhalten von der Norm abwich, versuchte man es mal wieder gerade zu rücken, das Puzzleteil, das vorne und hinten nicht reinpasste, einfach hineinzuquetschen, pfeif auf den Schaden, den es dabei abbekommt!

Diese plötzliche Umstellung, die Trennung von meiner Mutter, eine ganze Woche lang 24 Stunden am Tag meine Mitschüler ertragen zu müssen und was noch alles - es war schlimm, wirklich schlimm! Ich war jedesmal heilfroh, wenn ich das Ganze wieder hinter mir hatte.

8.

Als das Ende der dritten Klasse nahte, wurde entschieden, dass ich weder gut genug fürs Gymnasium, noch für die Realschule war und somit also nur noch die Hauptschule für mich übrig blieb. Diese befand sich im selben Gebäude, wie die Grundschule, die ich bisher besuchte, nur hatten wir Hauptschüler einen eigenen Pausenhof, der sich auf der anderen Seite des Schulgebäudes erstreckte. Die Schüler wurden jetzt nun aus mehreren ehemaligen Grundschulklassen zusammengewürfelt und was mich sehr ängstigte, war die Tatsache, dass nun immer engere *Cliquenverhältnisse* gebildet wurden. Meine vorherigen Klassenkameraden hatten mich ja noch einigermaßen in Ruhe gelassen, aber nun ging es los, dass man mich immer wieder gerne mal stolpern ließ, schubste, mich mit irgendwelchen Gegenständen bewarf, mir sogar mit Messern drohte und mir noch einiges mehr antat. Es war grauenvoll und ich war nicht das einzige Opfer, es gab noch zwei bis drei weitere Mitschüler, die fast ständig verprügelt wurden. Das mich das Ganze nicht nur psychisch, sondern auch körperlich sehr belastete, kam es nun immer öfter vor, dass ich krank wurde und nicht zur Schule gehen konnte. Trotz der immer wiederkehrenden starken Magenschmerzen und Erschöpfungszuständen, war ich über diese mobbingfreien Tage äußerst glücklich und dankbar.

Da die Hauptschule ausschließlich sechs Jahrgänge besaß, stand nun, ab der siebten Klasse, ein Schulwechsel an. Glücklich stimmte mich das nicht, denn trotzdem waren meine Mitschüler alle noch dieselben wie die zuvor. Meine Mutter wusste von all dem Leid, dem ich Tag für Tag aufs Neue ausgesetzt war und manchmal war sie richtig verzweifelt, weil sie es einfach nicht verstand. Meine Geschwister wurden nicht gemobbt und auch sie selbst kannte das Problem nicht - *letztendlich konnte es also nur an mir liegen*, gab man mir immer wieder zu verstehen. Ich weiß, dass sie es nie böse meinte, es war oft einfach nur ihre pure Verzweiflung, die ständig Ausschau nach einer Lösung hielt. Weder der Direktor der Schule, noch die verschiedensten Lehrer konnten oder wollten mir helfen. Wenn das Thema Klassenwechsel angesprochen wurde, hieß es: *Was nützt dir das denn? Spätestens während den Pausen läuft ihr euch sowieso wieder alle über den Weg!* Daraufhin brachte ich die Möglichkeit für einen weiteren Schulwechsel zur Sprache, aber auch hier hatte man wieder ein Gegenargument parat: *Mobbingopfer bleibt Mobbingopfer!* Ich war äußerst niedergeschlagen und das Aufstehen am Morgen war eine richtige Qual, wenn nicht gerade das Wochenende vor der Tür stand. Manchmal bekam ich heftige Heulkrämpfe, die fast schon einem Nervenzusammenbruch glichen, aber trotzdem besuchte ich weiterhin die Schule, ließ mich schubsen, schlagen, anspucken und derartiges mehr. *Warum musste ich nur ein Außenseiter sein? Warum konnte ich nicht einfach so angenommen werden, wie ich war? Was war nur so falsch an mir?* Mit der Zeit versuchte ich mir das Verhalten meiner Mitschüler anzueignen, um wie *sie* zu wirken, *normal* zu wirken, wie die Masse sich eben verhielt und alles, was nur ein wenig mich selbst zur Geltung brachte, sollte ein für alle Mal *ausgelöscht* werden! Für jeden Fehler, der mir dabei unterlief, verachtete und hasste ich mich nun immer ein Stück mehr. Wenn ich in den Spiegel sah, wurde ich so wütend, dass ich mich schlug und mir die grässlichsten Dinge an den Kopf warf. *Schau dich nur an! Du solltest lieber tot sein, hörst du?! Deine Mutter hätte dich abtreiben lassen sollen, denn du bist hier unerwünscht und das wird sich auch nicht ändern! Was tust du jetzt schon wieder? Das ist unnormal! Schaffst es einfach nicht, was? Schau dich nur an! Zu Tode prügeln sollen sie dich! Mistgeburt!* So langsam verhielt ich mich mir gegenüber genauso, wie sich meine Mitschüler mir gegenüber verhielten und manchmal glaubte ich, sogar noch weitaus schlimmer, als sie es taten.

Als ich etwa zwölf Jahre alt war, beschloss mein Stiefvater, ein Haus zu bauen, dass sich direkt gegenüber der Firma, auf seinem Grundstück befinden sollte. Anhand der Grundrisse suchten wir Kinder uns unsere Zimmer aus, und als das Haus fertig war, bezogen wir es schließlich auch. Ich hatte mir eines der größten Zimmer ausgesucht, doch wusste ich zu dem Zeitpunkt noch nicht, dass die Fenster dieses Zimmer so unangenehm groß waren und bis zum Boden reichen würden. So brachte man dort also noch Jalousien an, die ich so gut wie immer unten hatte, während ich mich in meinem

Zimmer aufhielt, um mich nicht ständig beobachten fühlen zu müssen.

Eines Tages bekamen wir die Nachricht, dass mein vorheriger Stiefvater, aus dem Gefängnis entlassen wurde und sich schon sehr darauf freuen würde, uns alle wiederzusehen. Mein Bruder war völlig aus dem Häuschen, meine Schwester und ich freuten uns ebenfalls, doch hatte ich dem Ganzen gegenüber auch gespaltene Gefühle. Wenn mein Stiefvater nüchtern war, konnte er der wirklich beste Vater sein, doch sobald er angetrunken bis stockvoll war, hätte man ihm besser aus dem Weg gehen sollen. Es war jedoch nicht nur das Problem mit dem Alkohol, was die gemischten Gefühle in mir auslöste. Als er noch bei uns lebte, und meine Mutter, wie auch meine Geschwister außer Haus waren oder schon tief und fest schliefen, geschah es desöfteren, dass er mich an gewissen Stellen meines Körpers berührte, an denen kein Kind berührt werden möchte. Dabei verlangte er dann meist dasselbe von mir oder andere Dinge, die ich einfach widerlich fand, mir völlig fremd waren und Angst einjagten. Später hatte ich meiner Familie von all dem erzählt, aber mir hatte so gut wie niemand geglaubt. Als wir uns nun das erste Mal seit langem wieder begegneten, schämte ich mich so sehr vor ihm und hatte in seiner Gegenwart ständig das Gefühl, dass er genau daran dachte, was zwischen ihm und mir abgelaufen war. Ich habe ihn niemals für das gehasst, was er getan hatte. Im Gegenteil, die meiste Zeit tat er mir einfach nur leid und als ich irgendwann später von seiner Kindheit erfuhr, waren viele Fragen für mich beantwortet.

Der Ort, an dem sich seine Freunde befanden und wir ihn regelmäßig besuchten, war ein Ort, der einem *Ghetto* glich. *Herabgekommen, stinkend* und *versifft*. Einerseits lag es natürlich an die Bewohner des Ortes und wie sie mit ihm umgingen, doch andererseits darf man auch die Tatsache nicht außer Acht lassen, dass sich die Stadt einfach nur einen Dreck darum kümmerte, was aus dieser Umgebung wurde, denn schließlich galten die Mieter dort als *Abschaum*. Manchmal wunderte es mich sogar, dass uns meine Mutter dort hausen ließ, denn das, was dieser Ort präsentierte, betrachtete sie als niveaulos und war eigentlich immer darum bemüht, uns Kindern genaue Gegenteil von dem zu bieten, aber ich schätzte sie zu der Zeit einfach nur irgendwie sehr tolerant ein. Die Wahrheit war jedoch, dass sie meine Geschwister und mich, schon zu einem gewissen Teil aufgegeben hatte, sich immer mehr von uns distanzierte und am allermeisten von mir. Ständig war ich an allem selbst schuld. *Du kannst nichts, du bist nichts und aus dir wird auch nichts!* Langsam aber sicher hatte ich die Schnauze voll von alledem!

An den Tagen, an denen wir meinen Stiefvater besuchten, musste er meiner Mutter versprechen, dass er sich bitte mit dem Trinken zurückhalten würde und natürlich sagte er zu, aber halten konnte er das Versprechen nicht, wie es auch früher immer wieder der Fall war: Beinah jedes Mal, wenn meine Mutter auf Arbeit war und er uns Kinder zu Freunden mitnahm, vernahmen wir irgendwann aus irgendeiner Ecke seine Bitte, zu Hause nichts davon zu erzählen, dass er mal wieder etwas mehr als genug getrunken hatte. Kurz bevor wir aufbrachen, war er dann der Meinung, dass sein Streifen Kaugummi, den er sich in den Mund schob, Wunder bewirke und meine Mutter auf seinen *Vertuschungs-Versuch* hereinfallen würde. Immer wieder stand er dann torkelnd vor ihr und wusste anscheinend auch gar nicht mehr so genau, in welche Richtung er eigentlich hauchen müsse, behauptete aber trotzdem noch felsenfest, keinen Schluck Alkohol getrunken zu haben - lallend wohlgemerkt! Anschließend stritten sie dann so heftig, dass die Nächte entweder im Frauenhaus, auf der Polizeiwache oder im Krankenhaus endeten. Getrennt hatte sich meine Mutter letztendlich von ihm, als sie einsah, dass alle Hoffnungen auf ein stets friedliches und alkoholfreies Miteinander vorbei waren.

9.

In der achten Klasse bekamen wir Zuwachs einer weiteren Schülerin und eines weiteren Schülers. Woher beide zu uns kamen, weiß ich nicht mehr genau, aber sie waren bereits zwei Jahre älter als der Durchschnitt unserer Klasse und wirkten auch schon sehr viel jugendlicher. Der Name der neuen Schülerin lautete *Christin* und sie beobachtete ein paar Mal, wie die anderen mit mir umgingen, bis sie mich eines Tages auf ihre Seite zog, um mir klar zu machen, dass ich mir das nicht gefallen lassen solle. Klar brodelte es schon lang in mir, aber wozu mich selbst verteidigen? Schließlich war doch ich selbst an all dem schuld und außerdem war ich es mir selbst nicht wert genug. Christin gab mir zu verstehen, dass ich nicht Abnormal war, nur weil die anderen mich nicht so akzeptierten und mochten, wie ich nun mal verhielt und ist mir von da an nicht mehr von meiner Seite gewichen. Die gesamte Klasse bewunderte, beneidete und fürchtete sie insgeheim und trotzdem war auch sie unter all den Mitschülern eine Außenseiterin, nur mit dem Unterschied, dass sie diejenige war, die mit all den anderen nichts am *Hut* haben wollte. Wir hingen so gut wie ständig miteinander zusammen und weil sie, genauso wie ich, ihre ganz eigene Art hatte und diese auch frei auslebte, wurde sie schnell eine Art Vorbild für mich. Ich wollte ebenfalls, wie sie, meine extreme Schüchternheit ablegen, die Angst vor anderen Menschen begraben und meinen Mitschülern die Stirn bieten können. So langsam tat sich Wut in mir auf und irgendwann fiel es mir immer schwerer, diese zu bändigen. Es reichte oft schon nur ein Wort, das gegen mich gerichtet war und ich explodierte, wütete, warf Gegenstände durch das gesamte Zimmer, hinterließ völlige Verwüstung und fragte mich im Nachhinein oft, woher ich die Kraft dafür aufbrachte. Nun konnte ich mich zwar wehren, das Mobbing nahm um einiges ab, aber mit einer *Psychopatin* wollte allerdings auch niemand etwas zu tun haben.

Eines Tages, als ich nach der Schule mal wieder Zeit bei meinem Stiefvater, in dieser herabgekommenen *Ghetto-Gegend* verbrachte, beobachtete ich von ein paar Meter Entfernung, wie er sich mit einem Mann unterhielt, der äußerlich überhaupt nicht in diese Umgebung passte. Er sah ordentlich aus, machte einen nüchternen Eindruck und schien neu hier zu sein. Später fragte ich meinen Stiefvater, wer das war: Sein Name lautete *Walter* und er war tatsächlich neu hier. Er sei ein großartiger Gitarrist und Sänger und würde uns am Wochenende gerne etwas vorspielen, wir Kinder sollten unbedingt dabei sein und uns das anhören. Ich freute mich so sehr darauf, dass ich es kaum erwarten konnte! Als es dann schließlich endlich so weit war und er uns einen seiner Songs vorführte, war ich völlig begeistert von ihm als Musiker. Aber das war es nicht wirklich, was mich an ihn interessierte und was mich letztendlich in seinen Bann zog, sondern eher dieses geheimnisvolle, freundliche, aber doch auch düstere, dass er ausstrahlte. Ich behielt ihn ständig im Auge und war drauf und dran, mich zum ersten Mal ernsthaft zu verlieben, doch aufgrund des hohen Altersunterschieds von achtzehn Jahren hatte ich auch große Angst, von ihm abgelehnt zu werden. Trotzdem versuchte ich diesem Mann, so gut es ging, zu vermitteln, was ich für ihn fühlte. Noch nie zuvor bereitete es mir so viel Freude, so viel Zeit mit einem Menschen zu verbringen, wie wir sie miteinander verbrachten. Ich redete nicht viel, das lag mir noch nie, dafür war ich jedoch ein guter Zuhörer und was ich von ihm hörte, machte mich glücklich. Er war einfühlsam, verstand mich und sprach mit mir über Dinge, über die ich mich mit anderen nicht zu sprechen wagte. Ein Vertrauen baute sich zwischen uns auf, das ich zu noch keinem Menschen vor ihm hatte. Bei ihm konnte ich so sein wie ich war und so langsam ersetzte er meine komplette Familie, insbesondere meine Mutter, deren plötzliche Distanz mir immer mehr zusetzte. Was Walter und mich letztendlich verband, war dieses heftige Gefühl, jeder sei gegen uns - *Wir gegen den Rest der Welt!* Als es so weit war und wir uns gegenseitig unsere Gefühle zueinander offenbarten, hegten wir beide, trotz des hohen Altersunterschieds, den Wunsch, einer gemeinsamen Beziehung, versuchten diese aber vorerst geheim zu halten. Eines Nachmittags jedoch, als wir uns im Treppenhaus, auf dem Weg zu seinem Zimmer trafen, versuchte er mich in seine Arme zu nehmen, doch genau in dem Moment sah ich meinen Stiefvater unten auf der Straße zum Fenster heraufschauen. Er hatte uns entdeckt, kam sofort die Treppen hinaufgeeilt und fragte uns voller Entsetzen, was wir da nur tun und was meine Mutter dazu sagen würde. Ich zitterte vor Angst und versuchte das Ganze irgendwie zu erklären, doch mein Stiefvater sah mich einfach nur Vorwurfsvoll an und gab mir den Rat, sie keinen Wind davon bekommen zu lassen. Für einen Moment stand ich wie versteinert da, weil ich nicht glauben konnte, dass das jetzt alles gewesen sein soll, doch noch bevor ich mich wieder gefangen und erholt hatte von dem Schrecken, war er auch schon wieder weg. *Walter und ich mussten vorsichtiger sein!* Auch wenn wir wussten, dass dieser Zustand unserer Liebesbeziehung auf Dauer keine Lösung war und wir jetzt schon ahnten, dass es einige Hürden zu bewältigen geben würde, versprachen wir uns trotzdem, fest zusammenzuhalten, uns nicht unterkriegen zu lassen. Einen Tag später erfuhr ich, dass es mein Stiefvater im Treppenhaus doch nicht so gut mit uns meinte, wie ich dachte und Walter am selben Abend noch heftig zusammengeschlagen hatte. Ich war sehr aufgebracht und wütend darüber und fragte mich, warum er nur so einen Aufstand bauen musste? *Der hohe Altersunterschied! Na und? Ausgerechnet er nahm sich nun das Recht heraus, negativ darüber zu urteilen! Hatte er Angst, dass Walter der erste Mensch sein könnte, dem ich davon erzählen würde, was er damals getan hatte? War er vielleicht sogar eifersüchtig auf ihn?* Irgendwann erfuhr nun auch meine Mutter von Walter und auch in dieser Ghetto-Gegend wurde unsere Beziehung durch meinen Stiefvater immer bekannter. Walter hatte es überhaupt nicht mehr einfach. Ständig wurde er verprügelt oder verbal niedergemacht. Eines Tages wollte er klar stellen, dass er mich wirklich liebe, machte sich auf dem Weg zu uns nach Hause und versuchte dies meiner Mutter zu vermitteln, aber für sie stand fest, dass sie diese Beziehung niemals dulden würde. Mir war das zwar nicht völlig egal, denn die Atmosphäre zwischen meiner Mutter und mir drohte immer mehr überzukochen, aber ich sah auch nicht ein, mir vorschreiben zu lassen, wen ich zu lieben hätte und wen nicht, so traf ich mich mit Walter ab sofort also nur noch heimlich. Mit der Zeit wurde der Zustand, ständig verprügelt und verbal fertig gemacht zu werden, unerträglich für ihn und er fand per Nacht- und Nebelaktion Unterschlupf in der Innenstadt bei einem Freund. Dieser lebte in einem gemütlichen kleinen Studentenzimmer und überließ es ihm, da er sowieso die meiste Zeit nicht zu Hause war und genügend Unterschlupf woanders fand. Dort besuchte ich Walter nun jeden Tag, so lang es mir nur möglich war. Wir verbrachten viele schöne Momente miteinander, doch plötzlich veränderte er sich und trank immer häufiger Alkohol, der ihn sehr aggressiv werden ließ. Wenn er keinen Alkohol trank, rauchte er Gras und irgendwann begriff ich, dass er ausschließlich dann trank, wenn er nichts mehr zum Rauchen hatte. So war ich also immer froh, wenn ihn seine Connection nicht im Stich gelassen hatte oder er sonst jemanden fand, der ihm etwas verkaufte oder abgab, denn nur dann konnte ich die Zeit mit ihm auch genießen. Dieses Wechselspiel erlebte ich jeden Tag aufs Neue und dachte mir immer wieder: *Das ist er nicht wirklich! Er braucht einfach nur Hilfe, Liebe und einen Menschen, der ihn versteht!* Wieder und wieder bettelte ich, dass er das Trinken doch bitte wieder sein lasse und er nahm es sich zwar auch mehrmals vor, schaffte es aber einfach nicht. Von einer Liebesbeziehung konnte man nicht mehr wirklich sprechen, denn ich opferte mich nur noch für ihn auf, versuchte jeden Tag, so lang es nur ging, für ihn da zu sein und wenn ich es mal nicht schaffte, bekam ich auch schon gleich Vorwürfe. Meine Interessen und Hobbys stellte ich zwar schon seit längerer Zeit mehr in den Hintergrund, aber nun hatte ich so gut wie gar nichts mehr mit ihnen am Hut, nahm immer mehr ab und war psychisch nur noch am Boden. Bei meiner Familie hielt ich es irgendwann nicht mehr aus, von der Schule wurde ich letztendlich verwiesen, da meine Wutausbrüche immer heftigere Ausmaße angenommen haben und obwohl ich wirklich gerne viel Zeit mit Walter verbracht, konnte ich auch ihn erst einmal nicht mehr ertragen. Eines Morgens war ich fest entschlossen, von zu Hause wegzulaufen, packte ein paar Klamotten und sonstiges Zeug zusammen, was ich so brauchte und fand Unterschlupf bei meiner Freundin Christin. Zuerst schlug sie mir vor, doch ein paar Tage bei ihr zu bleiben, doch als am selben Abend noch meine Mutter bei ihr anrief, um sich zu erkundigen, ob ich mich denn bei ihr aufhalten würde, war sie sich doch nicht mehr so und zog es vor, mich beim

Jugendschutz unterzubringen, der nur ein paar Schritte von uns entfernt lag. Zuvor wollte sie mich aber unbedingt noch ein wenig umstylen, damit mich auch, auf dem Weg dorthin ja niemand erkennen würde. Sie färbte mir die Haare, schminkte mich und gab mir ein paar Klamotten von ihr. Obwohl meine Mutter schon bei ihr angekündigt hatte, mich suchen zu lassen und dabei auch andere, wie meinen Stiefvater mit einbezog, lief alles glatt und wir kamen sicher und ohne weitere Komplikationen beim Jugendschutz an. Als ich in dieser Einrichtung vor dem Dienstzimmer stand und darauf wartete, dass uns die Betreuer empfangen würden, fühlte ich mich immer unwohler, denn dieser Ort erinnerte mich sehr an die Tage, die wir früher im Frauenhaus verbrachten. Zudem gab es dort ja auch noch die vielen weiteren pubertierenden Geschöpfe, mit denen ich irgendwie zurecht kommen musste und das war ein sehr unangenehmer Gedanke. Wieder musste ich mich verstellen und mich irgendwie anpassen, um hoffentlich angenommen und akzeptiert zu werden und das machte mich unheimlich depressiv. *Wann könnte ich endlich wieder so sein, wie ich war? Mich voll und ganz dem hingeben, was ich so sehr liebte!* Das alles war so sehr anstrengend, kostete viel Kraft und machte mich immer depressiver.

Als ich den Betreuern vom Jugendschutz alles erzählte, was sie dringend wissen mussten, wurde mir am selben Abend noch ein Zimmer zugeteilt, das ich beziehen durfte. Das Zimmer gefiel mir, denn es war schlicht und einfach eingerichtet, ohne viel *Schnick-Schnack* und ich war froh, nun erstmal nicht mehr nach Hause zu müssen. Ein paar Minuten später, nachdem ich mir die ersten Eindrücke verschafft hatte, stand eine Betreuerin an meiner Tür und erzählte mir, dass sie mit meiner Mutter telefoniert hätte, um ihr bescheid zu geben, wo sich ihre Tochter aufhalten würde. Da sich mein Stiefvater ebenfalls bei meiner Mutter aufhielt und das Telefonat mitbekam, drohte er nun, mal wieder stockvoll, sich auf den Weg zu machen, um mich dort rauszuholen, so dass das Team des Jugendschutzes die Polizei darüber verständigen und die Eingangstüre verriegeln musste. Passiert ist nicht viel, außer dass sich mein Stiefvater irgendwann beruhigt hatte und die Betreuer nun um Erlaubnis bat, mich doch bitte besuchen zu dürfen, um mich dazu zu bewegen, wieder zu meiner Mutter nach Hause zu kommen. *Wollte ich ihn sehen?* Ich weiß es nicht, aber ich hatte auch fürchterliche Angst, dass er wegen mir noch irgendeinen Mist anrichten würde. Letztendlich gaben wir alle seiner Bitte nach, er kam nach oben, setzte mich auf seinen Schoß, wie er es immer tat und hielt mir nun eine Predigt. Ich versuchte zu protestieren und ihm zu erklären, dass ich es zu Hause im Moment einfach nicht mehr aushalten würde. Meine Mutter und ich standen uns nur noch feindselig gegenüber und das machte mich fertig. Irgendwann sah er ein, dass ich mich für ihn nicht umentscheiden würde und verließ uns wieder. Am nächsten Morgen machte ich mich auf dem Weg zum Jugendamt, da ich mich laut der Betreuer dort melden sollte, um längerfristig bleiben zu können. Ich war unheimlich müde, hatte die Nacht kaum geschlafen und musste nun aufpassen, nicht auf dem Stuhl im Gebäude des Jugendamtes *wegzunicken*, auf den ich mich erschöpft niedergelassen hatte. An wen ich mich wenden musste, wusste ich nicht, aber ich war froh, erstmal völlig für mich alleine sein zu können. Da meine Mutter, wegen uns Kindern, früher Hilfe vom Jugendamt in Form von Clearing-Gesprächen angefordert hatte, kannte ich nun schon einige Mitarbeiter und entschied mich, eines deren Zimmer aufzusuchen, nachdem ich mich etwas erholt hatte. Zu lange wollte ich mich jedoch nicht ausruhen, denn sobald mein Gedankenapparat zu rattern anfing, kam mir auch schnell die Frage in den Sinn, ob ich denn überhaupt das Richtige tat. Doch sofort fiel mir eines der schrecklichsten Clearing-Gespräche ein, die wir jemals hier hatten. Anwesend waren meine Mutter, meine Geschwister und ich. Meine Mutter war wieder einmal sehr gereizt und genervt von uns Kindern. Die Mitarbeiterin des Jugendamtes bemerkte dies und stellte meine Mutter die Aufgabe, verschiedenfarbige Bausteine aus einer Kiste zu nehmen, uns Kinder einer Farbe zuzuordnen, ihren Mann, ihrer Arbeit und ihrer Freizeit. Nun stellte die Mitarbeiterin ihr die Frage, was ihr am Wichtigsten sei und forderte meine Mutter auf, die Bausteine dementsprechend der Reihe nach anzuordnen. An erster Stelle lag nun ihre Arbeit, dann ihr Mann, ihre Freizeit und mit einem großen Abstand legte sie endlich den Baustein für uns Kinder auf den Tisch. Die Jugendamtsmitarbeiterin war schockiert, meine Schwester schimpfte, mein Bruder weinte und ich rannte aus dem Zimmer hinaus, um mich vor dem Anflug eines Nervenzusammenbruchs zu schützen. Nach dieser Erinnerung war ich wieder fest entschlossen, das Richtige zu tun und in dem Moment kam genau die Mitarbeiterin von damals um die Ecke und entdeckte mich halb zusammengekauert auf dem Stuhl liegen. Sie war eine sehr einfühlsame und mütterliche Person und nahm sich meiner sofort an. Ich erzählte ihr alles, was vorgefallen war, ließ meinen Tränen freien Lauf und sie hörte mir sehr aufmerksam zu. Irgendwann, als ich nichts mehr zu sagen hatte, fragte sie mich, ob ich denn schon mal versucht hätte, mit meinem leiblichen Vater Kontakt aufzunehmen. Ich verneinte, war jedoch sehr verblüfft über ihre Frage, da mir der Gedanke in letzter Zeit immer häufiger im Kopf herumspukte und teilte ihr dies auch mit. Mein leiblicher Vater, den ich nicht kannte, erschien mir in dem ganzen *Wirr-Warr* wie ein *rettender Engel*. Die Mitarbeiterin vom Jugendamt versprach mir, ihn ausfindig zu machen und sich dann bei mir zu melden, sobald sie ihn gefunden haben sollte. Ich war sehr aufgeregt und malte mir ständig gedanklich aus, wie denn mein Vater sein würde, wie er lebte und wie unsere erste Begegnung ablaufen könnte. Ich wusste damals nicht viel von ihm, außer dass er schon kurz, nachdem er von uns gegangen war, heiratete und gemeinsam mit seiner Frau einen Sohn hatte. Ein paar Tage später meldete sich die Mitarbeiterin vom Jugendamt und erzählte mir, dass sie meinen

Vater ausfindig gemacht hätte und er sich sehr darauf freuen würde, mich kennenzulernen. Ich konnte es kaum glauben, war aufgeregt und außer mir vor Freude. Der Termin für den ersten Kontakt fand im Gebäude des Jugendamtes statt. Es kamen mein Vater und seine Frau, mein Halb-Bruder war nicht dabei, höchstwahrscheinlich in der Schule und sie warteten bereits schon in einem kleinen Zimmer auf mich, worüber ich froh war, denn so konnte ich mich noch im Gebäude etwas auf die Beiden vorbereiten, ohne ihnen ganz spontan vorher begegnen zu müssen. Als ich nun vor der Tür stand, all meinen Mut zusammennahm und diese öffnete, saßen mein Vater und seine Frau direkt in Blickrichtung vor mir. Sofort sprang mein Blick in Richtung Fenster, schweifte dann im Zimmer umher und im Seitenwinkel bemerkte ich, dass mich beide anlächelten und begrüßten. Ich grüßte ebenfalls, lief wahrscheinlich knallrot an und setzte mich anschließend sehr verlegen neben die beiden. Schon im nächsten Moment meinte mein Vater, dass er ganz genau wüsste, wie überrascht ich sei, hier nun keinen verwahrlosten *Penner* oder *Ex-Knacki* anzutreffen. Ich erschrak, fragte ihn, warum er das glaubte und schon fing er an, die schlimmsten Gerüchte und Geschichten über meine Mutter aufzutischen und erzählte, dass er sich eben sicher sei, dass sie vor uns Kindern kein gutes Haar an ihn gelassen hätte. *Tja, was sollte ich nun dazu sagen?* Von meiner Mutter hatte ich nie wirklich viel erfahren und wenn sie mir doch mal etwas über ihn erzählte, blieb sie, im Gegensatz zu ihm, wie sich gerade herausgestellt hatte, völlig neutral. Zudem war sie sowieso immer der Meinung, dass uns Kindern das alles nichts angehen würde, was die Erwachsenen miteinander hatten und ehrlichgesagt hätte ich damit auch gar nicht viel anfangen können, so wie ich auch jetzt nichts mit dem anzufangen wusste, worüber mein Vater sprach. Verteidigen wollte ich meine Mutter zu dem Zeitpunkt jedoch nicht, denn es war allen Anschein nach klar, dass ich damit alles zerstören und mein Vater letztlich nichts mehr mit mir zu tun haben wollen würde. Auch wenn ich manchmal das Gefühl hatte, dass er und seine Frau mich völlig gegen meine Mutter stimmen wollten und mir das eher unangenehm war, verbrachten wir, nach unserem ersten Treffen, gerne und viel Zeit miteinander. Ich besuchte sie oft, lernte meinen Halb-Bruder kennen und war froh, dass es doch noch ein Elternteil für mich gab, bei dem ich mich einigermaßen wohl fühlen konnte. Meine Mutter meldete sich kaum bei mir, von ihr fühlte ich mich immer mehr verlassen und das tat sehr weh! Mit der Zeit erfuhr sie jedoch, dass sie finanziell einen Teil dazu beitragen müsse, falls ich mich weiterhin im Jugendschutz aufhalten würde. Prompt rief sie an, erkundigte sich nach mir und wollte mich nebenan beim Italiener zum Essen einladen, um mit mir über alles zu sprechen. Ich freute mich, hatte neue Hoffnungen, dass wir doch irgendwie wieder zueinander finden würden, denn dass sie so langsam zahlen sollte, erfuhr ich erst im Nachhinein. *Es versetzte mir einen tiefen Stich in meinem Herzen.* Zum gemeinsamen Treffen brachte sie meine Schwester mit, worüber ich einerseits glücklich, aber andererseits auch verwundert war, denn wäre es nicht angebrachter gewesen, über unser momentanes Verhältnis zueinander, unter vier Augen zu besprechen? Dann kam noch hinzu, dass meine Mutter eher sehr genervt von mir war, versuchte mich davon jedoch nicht durcheinander bringen zu lassen und schob ihre Art, mir zu begegnen auf die derzeitige Lage und dass es für sie ganz bestimmt auch nicht gerade leicht war. Wirklich viel sprachen wir nicht, denn so gereizt, wie sie sich verhielt, traute ich mich auch nicht viel zu sagen. Sie bat mich, doch wieder nach Hause zu kommen und irgendwie hatte ich teilweise auch den Wunsch danach, aber ich war mir einfach nicht sicher, hatte Angst, dass es die erste Zeit vielleicht sogar schön, jedoch bald wieder unerträglich sein würde... *und dann? Was würde ich dann tun?* Der Einzige, der nun übrig blieb, bei dem ich eventuell unterkommen könnte, wenn es hart auf hart kommen sollte, wäre mein Vater gewesen, der hatte zu der Zeit aber weder das Sorge-, noch das Aufenthaltsbestimmungsrecht. Naja, letztendlich entschied ich mich wieder für ein Leben bei meiner Mutter, doch schon bald erfuhr ich von den monatlichen Beiträgen, die sie hätte leisten müssen, wenn ich mich länger im Jugendschutz aufgehalten hätte und ich war völlig am Boden zerstört. Nicht ich war ihr also wichtig, sondern das Geld, das sie für meine Bleibe hätte abgeben müssen. Ich war wütend, traurig und verzweifelt. Ich vermied es nun, so gut es ging und so lange es mir möglich war, zu Hause zu sein, verbrachte die meiste Zeit entweder bei Walter oder bei meinem Vater. Walter war die erste Zeit etwas angespannt mir gegenüber und beachtete mich kaum, weil ich mich so lange nicht mehr bei ihm blicken lassen habe. Ich erklärte ihm, dass ich mich einfach erst wieder sammeln und den ganzen Stress mit meiner Mutter verarbeiten musste und am Ende brachte er mir auch Verständnis dafür entgegen. Wir hatten eine sehr schöne Zeit miteinander, denn es war genug zu Rauchen da. Zum ersten Mal verspürte ich das Verlangen, ihm körperlich näher zu kommen und auch er war nun, trotz des hohen Altersunterschieds, nicht mehr ganz davon abgeneigt, auch mir näher zu kommen. Eigentlich - darüber muss ich gerade etwas schmunzeln - versprachen wir uns ja gegenseitig, zu warten, bis ich mein achtzehntes Lebensjahr erreicht hätte, aber wir befanden uns nun so eng umschlungen in dem kleinen gemütlichen Zimmer auf der Couch und konnten nicht anders, als unseren Gefühlen freien Lauf zu lassen. Kurz bevor es richtig zur Sache zu gehen schien, hielt er nochmals inne und fragte mich, ob ich es denn auch wirklich wollen würde. Ich nickte etwas verlegen und ließ ihn, als bereits erfahrenen Mann, dann alle weiteren Schritte tun, doch als es so weit war und er eindringen wollte, verspürte ich ab einem gewissen Punkt heftige Schmerzen. *Es wollte uns einfach nicht gelingen!* Wir versuchten es bestimmt mehr als eine halbe Stunde lang, aber letztendlich ließ er sich erschöpft neben mir fallen und wir mussten einsehen, dass es so nicht funktionierte, zudem hatte er Angst, mir nur noch mehr weh zu tun. Ich verstand das alles nicht, hatte es mir immer so einfach vorgestellt und jetzt nun so etwas. Ich war nicht nur verzweifelt, sondern das Ganze war mir auch unheimlich peinlich. Wir versuchten es nun immer wieder und irgendwann klappte es auch endlich, jedoch schmerzte es manchmal so sehr, dass ich es schon fast nicht mehr aushielt, ließ mir aber nicht das Geringste anmerken. Irgendwann empfand ich es jedoch alles andere als unangenehm und mit der Zeit genoss ich sogar diese Qualen. Immer wieder stellte ich mir vor, wie ich das alles gar nicht wollen würde und verliebte mich in diese fantasievollen Machtausübungen an meinem Körper. *Was war nur los mit mir?* Diese Neigung war mir peinlich, ich schämte mich vor mir selbst, aber ohne diese Vorstellungen fehlte irgendetwas. Später, als ich mich gründlich von meiner Frauenärztin untersuchen ließ, stellte sie Vaginismus bei mir fest, eine Art unwillkürliche Scheidenverkrampfung, in meinem Fall psychosomatisch bedingt. Wir übten und übten nun jeden Tag aufs Neue, bis ich ihm körperlich irgendwann so sehr vertraute, mich ihm völlig hingeben und fallen lassen konnte, dass es letztendlich auch nicht mehr weh tat.

10.

Vor meiner Mutter verheimlichte ich natürlich, dass ich meine Zeit Tag für Tag mit Walter verbrachte, doch irgendwann bekam sie es heraus und leitete, zusammen mit ihrem Anwalt, ein Gerichtsverfahren, wegen *Verführung einer Minderjährigen*, ein. Die Hürden, die wir zu bewältigen hatten, wurden immer größer, aber auch diese sollten für uns zu überwinden sein, unterkriegen ließen wir uns jedenfalls nicht. Inzwischen rebellierte ich nicht mehr nur gegen meine Mutter, sondern gegen die gesamte Welt. Trotz meiner Veränderung, die ich anstrebte, war ich weiterhin nirgendwo willkommen, wurde immer noch sehr verachtet und sogar zu Hause hörte ich ständig, dass man mich nicht für ernst nehmen dürfe, ich sei eine Lügnerin, Spinnerin und musste jeden Tag wiederholt irgendwelche Beleidigungen über mich ergehen lassen. Nun trieb mich ein innerliches Verlangen an, *es allen zu zeigen!* Ich wollte Rache, ihnen das zurückgeben, was sie mir antaten. *Ich gehöre nicht zu euch? Ich sage euch etwas: ich will auch gar nicht zu euch gehören!* Mit dieser Einstellung ging ich in den nächsten Laden, besorgte mir ein schwarzes Haarfärbemittel, in einem *Nato-Shop* ein paar Nietenhalsbänder, warf alle meine bunten Klamotten fort und ließ nur noch die schwarzen im Kleiderschrank liegen. Nun machte ich mich an die Arbeit, zog mir die übrig gebliebenen Klamotten über, färbte mir die Haare schwarz, schminkte mich schwarz und legte mir eines der neuen Nietenhalsbänder an. Als ich danach in den Spiegel sah, dachte ich: *JA! So hatte ich es mir vorgestellt!* Walter war fasziniert, er nannte mich ab sofort eine *Domina*, aber meine Mutter war schockiert, wollte mich so am liebsten gar nicht mehr vor die Tür lassen, weil sie sich sehr vor den Nachbarn schämte wegen mir, aber sie hatte keine Wahl. *Ich genoss es!* Niemand traute sich nun mehr, mir zu Nahe zu kommen, weder verbal noch handgreiflich. *Mein bester Schutz gegen die äußere Welt war geschaffen!* Den Gerüchten zu Folge verbrachte ich nun meine Zeit mit Satanisten und mit sonstigen Menschen aus der schwarzen Szene. Es war ein unheimlicher Reiz!

Es fanden insgesamt drei Gerichtsverhandlungen statt. Eine Strafe gab es nicht, jedoch wurde ein Kontaktverbot zwischen Walter und mir angeordnet: Wenn er sich mir auf hundert Meter nähert, würde er einige tausend D-Mark Strafe zahlen müssen. Nun versuchten wir unsere Treffen erneut zu verheimlichen, auf der Straße durften wir uns keinesfalls zusammen blicken lassen, doch mit der Zeit bekam es meine Mutter wieder heraus, aber sie verhielt sich, als ob es ihr plötzlich egal wäre. Das machte mir etwas Angst. Der Grund dafür, warum sie sich so verhielt, war der, dass sie mich sowieso bald in ein Heim geben wollte und dann wäre das Problem ein für allemal aus der Welt geschaffen.

Meine Heimzeit

1.

Ich war wütend, sauer und verzweifelt! *Wie würde ich Walter diese Nachricht überbringen? Wie würde ich diese letztendliche Trennung zwischen meiner Mutter und mir aushalten? Wie viele weitere Mitbewohner würde es in diesem Heim geben? Wie würde ich diese plötzliche Veränderung, diese fremde Umgebung durchstehen? Was würde aus Walter werden?* Ich hatte unheimlich große Angst und fragte meine Mutter, ob ich denn nicht wenigstens noch über die Sommerferien zu Hause bleiben dürfe, aber sie hatte mich bereits dort angemeldet und noch länger bei sich haben wollte sie mich nicht mehr. In ein paar Tagen stand der erste Besichtigungstermin an, und ich wusste immer noch nicht, wie ich das alles verkraften würde. Gemeinsam mit dem Jugendamtsmitarbeiter, der für die Heimunterbringungen zuständig war, fuhren meine Mutter und ich nach *Kolitzheim, Landkreis Schweinfurt*. Was ich dort antraf versetzte mich in eine völlig andere Zeit! Man hatte mir vorher schon angekündigt, dass es sich hier um ein reines Mädchenheim handeln würde, aber nun standen wir vor einem riesigen Kloster! Umso näher wir dem Ganzen kamen, desto zeitversetzter fühlte ich mich, und mit einem Male verblasste meine Wut, meine Trauer und die Verzweiflung darüber, dass ich hier nun bald leben müsse. *Wie alt war das riesen Ding? Was würde es hier alles zu entdecken geben?* Plötzlich war ich meiner Mutter sogar dankbar! Früher schwärmte ich von derartigen Einrichtungen, doch wusste ich damals noch nicht, dass es so etwas heute noch geben würde. Ich war äußerst fasziniert! Plötzlich hielt ich inne, denn nun musste ich wieder an Walter denken und daran, wie traurig er sein würde. Ich fühlte mich schuldig, weil ich mich soeben über all das freute, ohne an ihn zu denken und daran, wie es ihm gehen würde.

Als wir die riesigen Tore öffneten und in den Hof marschierten, empfing uns schon die Oberschwester, begrüßte uns und führte uns direkt zur Gruppe, der ich zugewiesen wurde. Ich begutachtete all meine weiteren zukünftigen Mitbewohnerinnen und auch sie begutachteten mich. Die Erzieherinnen waren sehr freundlich, doch hatte ich auch das Gefühl, dass sie mir etwas skeptische Blicke zuwarfen. *Machte es mir Angst oder verschaffte es mir einfach nur einen gewissen Respekt?* Ich weiß es nicht genau, aber mir wurde etwas mulmig dabei.

Die Einrichtung war sehr groß, betrug etwa um die 9 Gruppen mit jeweils 8 Plätzen, eine Schneiderei, Gärtnerei, ein Hauswirtschaftsbetrieb, eine private Schule, einen Park und natürlich das Kloster mit einer wunderschönen und großen Kirche, in die wir uns am Ende noch begaben, weil sie mir am allermeisten gefiel.

Walter erzählte ich einen Tag, bevor ich wegfuhr von all dem, vorher hatte ich es einfach nicht fertig gebracht. Er war unheimlich traurig darüber, ich selbst spürte keine Trauer, nur die Sehnsucht nach ihm, die mich dann wohl noch öfter überfallen wird. Meinem Vater sagte ich überhaupt nicht bescheid, denn ich war wütend auf ihn. Kurz vor meiner Abreise behandelte er mich immer abweisender. Da er ebenfalls der leibliche Vater von meiner Schwester ist und sie mitbekam, wie gut ich mich mit ihm verstand, blieb es nicht aus, dass auch sie ihn kennenlernen wollte, nur schnell hatte ich das Gefühl, dass er sie sehr bevorzugte, was mir auch Außenstehende bestätigten. Meine Schwester kann natürlich nichts dafür, aber unser Vater verhielt sich mir gegenüber nun zum Teil sogar so, als ob er mich im Grunde gar nicht ausstehen könne. Ich bevorzugte einen Abstand und hatte die ersten Wochen gewartet, dass er sich vielleicht melden und nachfragen würde, was mit mir los sei, aber es kam nichts und damit war der Kontakt für mich auch erstmal wieder beendet - ... *aus den Augen, aus dem Sinn!*

Als es endlich so weit war und ich wieder vor dem Kloster stand, um es nun für eine längere Zeit nicht mehr zu verlassen, umarmte mich meine Mutter zum Abschied, als ob es nie einen Disput zwischen uns gegeben hätte. Ich war sehr verblüfft darüber, denn das kam schon so lange nicht mehr vor, dass sie mir Nähe gab, obwohl ich es mir manchmal so sehr wünschte, aber auch nicht wusste, wie *ich* es hätte anstellen sollen. Anschließend streichelte sie mir noch ein paar Mal über den Rücken und ich hatte sogar das Gefühl, als ob es ihr schwer fiel, nun einfach wieder nach Hause zu fahren und mich alleine hier zurückzulassen. Wie es wirklich für sie war, habe ich leider niemals erfahren. Nachdem sie nun wieder davonfuhr und ich mich mit dem schweren Gepäck in meine Gruppe begab, musste ich mich zuerst im Dienstzimmer melden, denn dort wurde Bargeld, Handys und Zigaretten eingesammelt. Da mich Walter abends heimlich auf meinem Handy anrufen wollte, erzählte ich nichts davon, eines zu besitzen und versteckte es beim Auspacken im Schrank unter meinem kleinen Berg von Klamotten. Das Zimmer war winzig und ich teilte es mit einer weiteren Mitbewohnerin, die mir ständig Fragen stellte, obwohl ich mich im Moment einfach nur nach Ruhe sehnte. Ich versuchte mich auf all die neuen Eindrücke einzustellen, mich hier irgendwie wohl zu fühlen, aber es fiel mir unheimlich schwer. Walter rief mich die Nacht zwei Mal an und träumte davon, wie er mich dort wieder herausholen würde und auch ich hegte den Wunsch, aber es schien mir unmöglich und außerdem würde ich höchstwahrscheinlich die Konsequenzen nicht verkraften. Am nächsten Tag durchsuchte die Gruppenleiterin meinen Kleiderschrank, nachdem sie einen Verdacht geschöpft hatte, oder ich sogar von meiner Mitbewohnerin verpetzt wurde, was noch einige Male öfter vorkommen sollte. Ich war unheimlich nervös und hoffte, dass sie bitte nichts finden würde, aber nachdem sie genau den Wäscheberg hoch hob, unter dem ich das Handy versteckte, erblickte sie es! Ich starrte unsicher auf den Boden und wartete, was nun kommen möge, da wetterte sie schon so heftig los gegen mich, dass sich nun auch die restlichen Mädchen aus Neugier dazugesellten. Alle starrten mich an und es war mir ausgesprochen peinlich. Ich hatte schon nach einer sehr kurzen Zeit unheimlichen Respekt vor meiner Gruppenleiterin und versuchte irgendwie alles zu vermeiden, was sie auf die Palme bringen könnte. Unsere Gruppe bestand in etwa aus sechs Erzieherinnen, die tagtäglich abwechselnd Dienst hatten. Das hieß auch, dass wir uns jeden Tag auf jemand anderen einstellen mussten und das war alles andere als einfach für mich. Unter anderem gab es sehr strenge Regeln einzuhalten, die ein Neuling schnell zu lernen hatte, um mögliche Auseinandersetzungen oder Strafen zu vermeiden. *Wie sollte ich das nur für eine längere Zeit aushalten?* Ich sträubte mich, protestierte und fiel den anderen ständig zur Last mit meinem Verhalten. Ich schlug Möbel kaputt, verletzte mich selbst und dachte ständig daran, einfach abzuhauen. Die Erzieherinnen gaben sich große Mühe, irgendwie an mich heranzukommen, aber ich wollte niemanden um mich haben, sondern einfach nur alleine sein, alleine mit meinem Schmerz, meiner Trauer und meiner Wut. Ich war neu und wurde auch dementsprechend von den anderen Mädchen behandelt. Eines Tages setzte mir das so zu, dass ich regelrecht ausrastete und in meiner Wut äußerte, Amok zu laufen. Sofort musste ich mich bei der Oberschwester melden und durfte mir ein richtiges Plädoyer anhören. Ich wusste selbst, so konnte es nicht weitergehen. Ich verspürte ein unheimliches Bedürfnis, mich auszusprechen, doch da ich mich damit nicht zu meinen Erzieherinnen wagte, schrieb ich alles nieder, was mich von Kindheit an belastete. Als ich dieses seitenlange Schriftstück fertig geschrieben hatte, brachte ich es ins Dienstzimmer herunter mit der

Bitte, dieses dem internen Psychologen zu überreichen, in der Hoffnung, dass er mir ein offenes Ohr schenke. Schon am nächsten Tag stand er tatsächlich in der Gruppe und bat mich zu sich. Er erzählte mir, dass er sich alles durchgelesen hatte und mir sehr gerne helfen würde. Ich war völlig überwältigt und meine Erziehrinnen lobten mich dafür, dass ich meine Probleme so selbstständig in die Hand nahm, um sie zu lösen. Jeden Montagabend vereinbarten wir nun einstündige Gespräche, während denen ich, gemeinsam mit dem Psychologen, meine gesamte Kindheit aufarbeiten konnte. Es tat gut, es war genau das, was ich brauchte. So langsam wurde ich wieder ruhiger, lernte sogar die Regeln zu lieben, die mit der Zeit gar nicht mehr wegzudenken waren und beschäftigte mich wieder sehr viel kreativ. Von den anderen Mädchen wurde ich immer mehr angenommen und akzeptiert und verstand mich immer besser mit ihnen. Auch schulisch wurde ich immer motivierter und hatte plötzlich das große Bedürfnis, gute Leistungen zu erbringen. Ich fertigte mir eine Notenliste an, lernte, lernte und lernte, bis mir meine Erzieherinnen für mehrere Stunden am Tag ein Lernverbot erteilen mussten, weil ich dadurch oft das Essen und den Schlaf vernachlässigte. Gruppenausflüge mochte ich nicht so sehr und die erste Zeit war es auch völlig in Ordnung, doch mit der Zeit machte man sich Sorgen, ich könne mich zu sehr in mich selbst zurückziehen, was dazu führte, dass ich ab sofort an diesen Ausflügen teilnehmen musste. Vor Schwimmbäder oder der Stadt grauste es mich am meisten, aber als uns eines Tages mitgeteilt wurde, dass wir demnächst zur Abtei fahren würden, war ich außer mir vor Freude. Ich verliebte mich sofort in diesen wunderschönen Ort und ich konnte es kaum erwarten, mich mit einem der Klosterbrüder zu unterhalten! Einer von ihnen, der uns auch am Eingang empfangen hatte, gab uns nach der Besichtigung eine kleine Religionsstunde, die mir sehr viel Spaß machte. Nach seinen ersten an uns gerichteten Fragen, die ich ihm beantwortete, waren wir letztendlich so ziemlich die einzigen, die sich bis zum Ende hin miteinander unterhielten, während uns die anderen aufmerksam zuhörten. Ich hatte so viel zu erzählen, über all das, was ich bereits wusste und aber auch so viele Fragen, die ich unbedingt beantwortet haben wollte, aber vor allem ließ ich meiner Begeisterung freien Lauf, die von ihm und meinen Erzieherinnen sehr bewundert wurde und man mich im Nachhinein auch darauf ansprach. Letztendlich meldeten sie mich als Ministrantin in unserer Kirche an und ich tat das so gern, dass ich oft auch andere Mädchen ablöste, die mal keine Lust dazu hatten oder wegen einer Erkrankung ausfielen. Dieser Ort wurde zu einem Ort der Liebe für mich. Es waren Tränen der Dankbarkeit und des Glücks, die ich vergoss, weil ich mich noch nie so geborgen und geliebt fühlte. In solchen Momenten wünschte ich mir einfach nur, die Zeit anhalten zu können.

2.

Meine Mutter zeigte kaum noch Interesse an mir. Walter rief gelegentlich mit Hilfe meiner Schwester an, doch als dies meine Erzieherinnen mitbekamen, setzten wir uns gemeinsam zusammen und unterhielten uns darüber, wie wir die ganze Sache mit ihm und mir besser handhaben könnten. Ich war sehr verwundert. Meine Mutter war darauf aus, uns mit allen Mitteln auseinanderzubringen, weil sie die Beziehung von Anfang an nicht duldete und nun gab es da Menschen, die nach einer Lösung für uns suchten. Sie teilten mir mit, dass sie zwar das gerichtlich geregelte Kontaktverbot für ernst nehmen müssten, aber es doch auch Mittel und Wege gäbe, uns einen gewissen Kontakt zu ermöglichen, wenn es doch so sehr mein Wunsch sei. Gemeinsam mit Walter vereinbarten wir, dass wir uns zwei Mal pro Woche schreiben und für zehn Minuten miteinander telefonieren dürften. Als meine Mutter davon erfuhr, versuchte sie, aktiv dagegen vorzugehen, beschwerte sich beim Jugendamt, bei meinen Erzieherinnen und wo noch alles, doch keiner nahm ihren Aufruhr mehr wirklich für ernst. Eines Abends bekam ich mit, wie sich eine meiner Erzieherinnen im Dienstzimmer einschloss, nachdem das Telefon klingelte, sie den Hörer abgenommen und die Person am anderen Ende der Leitung begrüßt hatte. Ich fragte mich, wer da wohl am Telefon sein möge, da die Tür eigentlich immer nur dann abgeschlossen wurde, wenn es heftige Debatten und

Diskussionen gab. Als ich mein Ohr heimlich an die Tür hielt, bekam ich mit, dass es tatsächlich meine Mutter war, die mal wieder einen Aufstand wegen dem genehmigten Kontakt zwischen Walter und mir baute. Wie meine Erzieherin reagierte, machte mich sehr stolz auf sie und ich war den Tränen nahe vor Rührung, dass sich jemand so sehr für mich einsetzte. Auch das Jugendamt teilte meiner Mutter letztendlich mit, dass es sich um das Wohl des Kindes und nicht um das Wohl der Mutter handeln würde und empfingen Walter immer öfter zu einem gemeinsamen Gespräch und für die Vorbereitung auf seinen ersten Besuch bei mir im Heim. Da waren Menschen, die mich und meine Gefühle für ernst nahmen, die mir Trost spendeten, wenn ich Trost brauchte und mich in allem ermutigten, was ich nur vorhatte. Schließlich rief mich meine Mutter ein letztes Mal an, teilte mir mit, dass ich nie wieder etwas von ihr erwarten bräuchte und warf mir vor, dass ich sie sowieso nie geliebt hätte. Als ich versuchte, zu protestieren, wurde sie noch wütender und lauter, so dass ich in Tränen ausbrach und mir die Heimleiterin das Telefon abnahm. Diese teilte meiner Mutter mit, dass ihre Anrufe nun gesundheitlich nicht mehr förderlich für mich seien und sie diese bitte in Zukunft unterlassen solle. Ich brach zusammen und in dem Moment kamen schon alle meine Mitbewohnerinnen angerannt, um mir aufzuhelfen und mich zu trösten. Mir schwirrte an diesem Abend noch lange der Kopf, doch schien ein Abstand zu meiner Mutter tatsächlich erstmal das Beste zu sein. Noch ein einziges Mal kam sie gemeinsam mit ihrem Mann zu einem Hilfeplangespräch, an dem auch ich teilnehmen sollte. Einer meiner Erziehrinnen wurde beauftragt, mit mir in der Gruppe zu warten, bis wir hineingerufen werden würden, doch dazu kam es nicht. Als das Hilfeplangespräch zu Ende war, wurde mir mitgeteilt, dass ich die Art meiner Mutter psychisch nicht verkraftet hätte und es deshalb niemand verantworten konnte, mich da hinein zu lassen. So niedergeschlagen und abgekämpft hatte ich noch niemanden von ihnen erlebt.

Ein paar Tage später besuchte mich Walter und weinte bitterlich, weil ihm die Trennung schwer zu schaffen machte. Ich hatte wundervolle Menschen um mich herum, die auf mich Acht gaben, doch er hatte niemanden. Ich rief meinen Vater an und sprach mich gemeinsam mit ihm darüber aus, warum ich mich nicht mehr gemeldet hatte. Als er mich im Nachhinein fragte, ob ich denn nicht wieder einmal Lust hätte, vorbei zu kommen, erzählte ich ihm, warum das nicht gehen würde. *Nun war er derjenige, der etwas verärgert klang.* Als ich ihm meine derzeitigen Problem mitteilte, bat er um Walters Telefonnummer und versprach mir, jederzeit für ihn da zu sein, damit es ihm nicht mehr allzu schlecht gehen würde. So lernten sich beide kennen und es tat unheimlich gut, zu wissen, dass Walter nun in sichere Hände sei. *Ich hatte ja keine Ahnung davon, dass mein Vater ihn ausschließlich für seine Zwecke benutzte und mich als Mittel zum Zweck für seine Drohungen gegen ihn einsetzte!* Das alles sollte ich erst sehr viel später erfahren...

Da ich mich in der Zwischenzeit sehr gut in die Gruppe integriert hatte und meine Erzieherinnen sehr zufrieden mit mir waren, bekam ich das große Dachgeschoss, inklusive Bad, ganz für mich allein. Nebenan im Vorraum stand ein riesiger Wandschrank, gefüllt mit jeglichen Bastel-Utensilien. *Ich tobte mich völlig aus!*

Als das Ende meiner Heimzeit immer näher rückte, beantragte mein Vater das Sorgerecht für mich, damit ich nach dieser bei ihm wohnen konnte. Nun kam es nochmal zu einem ausführlichen Gespräch mit der Richterin am Familiengericht, die auch damals das Kontaktverbot zwischen Walter und mir ausgesprochen hatte. Letztendlich bekam mein Vater das Sorgerecht und auch das Kontaktverbot wurde wieder aufgehoben. *Wir hatten es endlich geschafft!* Ich absolvierte meinen Schulabschluss mit einer guten Note und als der Tag gekommen war, an dem ich diesen wunderschönen Ort verlassen musste, war ich einerseits sehr glücklich, aber andererseits auch extrem traurig darüber. Wir verabschiedeten uns alle sehr herzlich voneinander und ich war die gesamte Autofahrt über damit beschäftigt, meine Tränen zurückzuhalten, um nicht in einen Weinkrampf auszubrechen. Ich bedanke mich bei all den liebevollen Menschen, die mein Leben zum ersten Mal mit Zuneigung und Geborgenheit bereicherten. Niemals werde ich sie vergessen, niemals zuvor habe ich mich so angenommen und zu Hause gefühlt, wie bei ihnen...

Mein Leben Heute

Das Leben nach dem Heim und bei meinem Vater war alles andere als einfach und schön. Die erste Zeit verstanden wir uns noch einigermaßen gut und ich fing eine Ausbildung als Hauswirtschafterin an einer Berufsfachschule an, wofür ich BAföG (finanzielle Unterstützung nach dem Bundesausbildungsförderungsgesetz) beantragte, welches ich letztendlich auch gestattet bekam. Da jedoch die Frau meines Vaters immer öfter damit anfing, über Geldsorgen zu schimpfen, sich auch immer wieder mit dem Taschenrechner zu mir an den Tisch setzte, um mir auszurechnen, wie viel ich ihnen kosten würde, machte ich ihr den Vorschlag, die Hälfte meines monatlichen BAföGs in die Haushaltskasse zu geben. Das ging die erste Zeit auch in Ordnung, doch dann fing sie wieder an, dass das Geld nicht ausreiche, weil ich ihnen so viel kosten würde. Letztendlich gab ich ihnen mein gesamtes Bafög, hatte dafür jedoch nichts mehr für mein Schulmaterial übrig, was sich sehr schlecht auf meine Leistungen auswirkte und ein ungutes Licht auf mich warf. Mein Vater war immer genervter von mir und warf mir öfter vor, ich sei wie meine Mutter und damit käme er einfach nicht zurecht. Zudem drängte er mich ständig, ihn doch endlich *Papa* zu nennen und warf mir immer wieder vor, mich nicht wie eine richtige Tochter, *seine* Tochter zu benehmen. *Wo sollte ich nur all diese Gefühle für ihn hernehmen?* Schließlich artete das Ganze so sehr aus, dass er mir gegenüber auch handgreiflich wurde und ich immer öfter Zuflucht bei meiner Oma suchte. Nachdem er einen riesigen Aschenbecher aus Glas nach mir warf, und mich im Genick traf, verbrachte ich meinen nächsten Tag in der Schule mit unheimlichen Schmerzen an dieser Stelle. Mir wurde immer mehr bewusst, dass es so nicht weitergehen könne. Nicht nur Zuhause, sondern auch in der Schule herrschte das absolute Chaos und irgendwie musste ich dem Ganzen ein Ende setzen. Meinem Vater, wie auch seiner Frau, bot ich an, zu Walter zu ziehen, falls sie denn einverstanden damit wären, gleichzeitig bräuchten sie sich wegen mir keine weiteren Sorgen mehr machen. Ich war gerade siebzehn geworden und konnte es kaum fassen, wie beide reagierten. Sie strahlten bis über beide Ohren, als ob sie soeben benachrichtigt worden wären, in Lotto gewonnen zu haben! Sofort packten sie mir ein wenig Besteck und sonstige Habseligkeiten in eine Tüte und drängten mich damit zur Haustür, meine Klamotten, wie auch alles weitere könne ich ja noch die Tage nachholen. Nachdem sie sich von mir verabschiedet und wieder die Tür vor meiner Nase verschlossen hatten, stand ich erstmal eine ganze Weile verdattert im Hausgang. Irgendwann nahm mich Walter an die Hand und wir machten uns auf den Weg zu unserer, von nun an, gemeinsamen Wohnung. Diese war wie für uns geschaffen und wir hatten eine wirklich schöne Zeit miteinander, bis er wieder das Trinken anfing. Ich beschäftigte mich immer noch sehr viel kreativ und blieb überwiegend zu Hause, doch Walter verbrachte die meiste Zeit bei Freunden in irgendwelchen Kneipen, was ich nicht verstand, denn war es nicht unser sehnlichster Wunsch gewesen, endlich in Frieden zusammenleben zu können? Wenn ich ihn anrief und darum bat, doch bitte nach Hause zu kommen, war er meist nur genervt davon, legte auf oder bekam einen heftigen Wutausbruch. Wenn er spät abends endlich zur Tür herein kam, stank er, als ob er in ein Bierfass gefallen wäre, war stockvoll und ausgesprochen aggressiv mir gegenüber. Leider wurde er dann mit der Zeit auch handgreiflich und ich flüchtete wieder immer öfter zu meiner Oma oder zu meiner Schwester, doch hatte ich mich dort nie wirklich erholen können, weil ich Angst vor seiner Reaktion hatte, wenn ich wieder bei sein würde. Meist lag er dann im Bett, keuchte mir irgendwelche Vorwürfe vor und fiel anschließend in einen Delirium-ähnlichen Zustand. Ich wich ihm nicht von der Seite und es dauerte immer mehrere Tage, bis er sich wieder erholt hatte. Ständig versicherte er mir, dass er das Trinken nun sein lassen, weil es ihm auch gar nicht mehr schmecken würde, aber sobald es ihm wieder besser ging, fing das ganze Dilemma von vorne an. Als ich unerwartet von ihm schwanger wurde, stellte ich ihn vor die Wahl. Nun besorgte er sich zwar immer öfter etwas zu Rauchen, damit er nicht mehr so oft in Versuchung kam, zum Alkohol zu greifen, doch so ganz gelang es ihm nicht. Da ich schon im vierten Monat einige heftige Vorwehen verspürte und diese die gesamte Schwangerschaft über andauerten, verbrachte ich die meiste Zeit in der Klinik. Was Walter draußen trieb, ging mich erstmal so gut wie gar nichts mehr an, denn ich konzentrierte mich voll und ganz auf mein Baby und meinen eigenen gesundheitlichen Zustand. Als die Geburt immer näher rückte und diese letztendlich, zehn Tage nach dem eigentlichen Geburtstermin, eingeleitet wurde, fragte man mich, wo denn der Vater des Kindes sei? Ich teilte ihnen mit, dass ich das nicht wüsste und mich das auch nicht interessieren würde, gab ihnen aber trotzdem die Handynummer von Walter, weil die Schwester und auch die Ärzte darauf bestanden, dass der Vater die Geburt seines Kindes miterlebe. Nach einer kurzen Zeit kam er auch schon ganz außer Atem in den Kreissaal gerannt und zu meiner Verwunderung stellte ich fest, dass er nüchtern war. Da ich wegen der vielen Wehen eine PDA (Periduralanästhesie) bekam, ging die Geburt recht unschmerzlich von statten und schon nach einer kurzen Zeit hielt ich unsere kleine bezaubernde Tochter in meinen Armen. *Ein langersehnter und unbeschreiblich schöner Moment!* Walter war still, sehr still. Als wir ins Zimmer gefahren wurden, fragte er mich sehr unsicher und mit einem so reuevollen Blick, den ich nie wieder vergessen werde, ob denn auch er sie auf seinen Arm nehmen dürfe. *Was für eine Frage!* Ich nickte noch ganz benommen von den Schmerzmitteln, da nahm er sie und seine Augen füllten sich mit Tränen vor Glück. Ab dem Moment an hatte er nie wieder auch nur einen Schluck Alkohol zu sich genommen. Beide, unsere Tochter und er, sind ein Herz und eine Seele, wie ich es noch nie erlebt habe. Nach drei Jahren wurde ich erneut schwanger und gebar einen Sohn, der von Anfang an, dieselben Auffälligkeiten, wie ich in meiner Kindheit, aufwies.

Diesmal brach eine sehr sorgenvolle Zeit auf, doch trotzdem waren wir überglücklich mit unseren Kindern. Walter und ich waren insgesamt 12 Jahre zusammen und sieben davon verheiratet. Wir trennten uns aus mehreren verschiedenen Gründen. Es ist so viel vorgefallen, dass wir letztendlich einsehen mussten, dass wir uns freundschaftlich viel besser verstehen.

Da ich nie Tagebucheinträge verfasst habe, fiel es mir oftmals schwer, Gedanken und Gefühle zu rekonstruieren und diese hier auf Papier zu bringen. Allgemein erlebte ich mein bisheriges Leben als sehr nervenaufreibend, habe viel Trennungsschmerz und Ausgrenzung erlebt, doch trotzdem niemals wirklich aufgegeben, obwohl ich doch schon manchmal sehr nah an der Grenze war. Ja, es kam nicht gerade selten vor, dass mir der Mut zum Leben fehlte. Wenn sich eine Situation oder Lage zugespitzt hatte, der Ausweg immer enger wurde, wollte ich am liebsten alles hinwerfen und dachte oft daran, mir das Leben zu nehmen, wodurch sich letztendlich auch eine heftige Todessehnsucht entwickelte. In den letzten Jahren bekam ich nochmals so heftige Depressionen und Nervenzusammenbrüche, dass ich zeitweise stationär in eine Klinik untergebracht werden musste. Mit einer Körpergröße von 1,65m, brachte ich nur noch 37kg Gewicht auf die Waage. Ich war unheimlich erschöpft, fühlte mich krank und schwach. Gerne hätte ich ein paar Kilogramm mehr auf den Rippen gehabt, aber die heftigen Depressionen vernichteten immer wieder aufs Neue meinen Appetit. Letztendlich wurden mir Antidepressiva verschrieben, die gleichzeitig auch für eine Gewichtszunahme sorgten. Es war eine sehr schwierige, wie auch leidvolle Zeit und nachdem auch all die bisherigen Therapeuten mit ihrem Latein am Ende waren, wenn es darum ging, mich in einer ihrer vielen Konzepte einzuordnen, stieß ich letztendlich auf ein Buch über das Asperger-Syndrom. Da mir der Lesestoff über meine eigentlichen Interessen ausgegangen war und ich keine andere Wahl hatte, fing ich das Buch also eher lustlos an zu lesen, doch als ich nicht einmal die Hälfte davon erreicht hatte, war ich schon völlig überwältigt davon. Ich fand mich auf jeder Seite wieder und vereinbarte gleich am nächsten Tag ein Gesprächstermin bei Ärzten, die auf Autismus spezialisiert sind. Dort erhielt ich schließlich die mündliche, und nach genaueren Untersuchungen letztendlich auch die schriftliche Diagnose. *Was hat sich dadurch geändert?* Ich kann mich nun gezielter nach Hilfe umsehen und eine Art Selbstbild scheint klarer zu werden. Mittlerweile weiß ich, was ich mir zumuten kann und wo meine Grenzen liegen, nicht selten kam es vor, dass ich mich im Leben zu sehr überschätzte. Ich habe gelernt, achtsamer mit mir selbst und meiner Umwelt umzugehen und obwohl mir manchmal noch die Einsicht dazu fehlt, dass ich den Erwartungen anderer nicht entsprechen kann, weiß ich mein Dasein inzwischen mehr zu schätzen, als jemals zuvor.

Kontakt zur Autorin

www.deep-inside.de

Weitere Buchempfehlungen

Janina Bürger
Eine Welt zwischen Autismus und Borderline:
Diagnose Asperger-Syndrom, Borderline und Depressionen. Gedanken und Gefühle aus einer *anderen Welt*.
ISBN: 978-3732294039

Mayanan Pramada
Angst & Liebe: Wie das Leben einen Menschen formt.
ISBN: 978-3849120184

Nicole Schuster
Ein guter Tag ist ein Tag mit Wirsing
ISBN: 978-3896934833